河出文庫

ＪＲ品川駅高輪口

柳美里

河出書房新社

目次

ＪＲ品川駅高輪口

146：**優しい名無しさん**：06/15 23:12:36
あなたは死にたい人？

147：**優しい名無しさん**：06/15 23:51:10
いえ。

148：**優しい名無しさん**：06/16 00:09:55
死にたい人間の気持ちなんて、そうでない人間にはわからない。

149：**淀川心中**：06/16 02:25:09
死ぬなら一人で死ね

150：優しい名無しさん：06/16 03:30:44
こんな書き込みいけないことくらいわかります・・・
でも苦しくて・・・

151：優しい名無しさん：06/16 03:41:30
>>149
邪魔しないでください！

152：優しい名無しさん：06/16 03:41:51
6月中に楽になりたいです。

153：並木レイコ：06/16 04:20:59
誰か、関東で一緒に死んでくれる方いませんか？

154：優しい名無しさん：06/16 07:01:07
自殺なんて、絶対にしないでください。鬱病や借金や障害を抱えて必
死に生きてる人だって、たくさんいますよ。

155：**優しい名無しさん**：06/16 09:47:46
こちらは北陸三県で募集中。
電車に飛び込みかけたんですが、サラリーマンに服つかまれて、危ないよ、なんて言われた。

156：**淀川心中**：06/16 10:17:40
>>155
あほやのう

157：**優しい名無しさん**：06/16 10:30:39
>>155
霊になっても死んだことに気づかず、何度も線路に飛び込むらしい

158：**優しい名無しさん**：06/16 10:34:19
関東じゃ広すぎる。県で言ってくれ

159：**優しい名無しさん**：06/16 10:55:57
みなさん、いくつだか知りませんが、ご両親からもらった大切な体、これまで頑張ってきた体にひどい仕打ちをしないで下さい。

160：**並木レイコ**：06/16 11:02:30
神奈川です。

161：**優しい名無しさん**：06/16 11:05:10
神奈川要注意

162：**優しい名無しさん**：06/16 11:30:50
絶対に死なないでくださいね。

163：**優しい名無しさん**：06/16 14:46:51
死ぬ気のない人はスレチガイですよ

164：**優しい名無しさん**：06/16 16:12:24

安楽死・尊厳死で逝きましょう

165：**真っ暗**：06/16 16:55:06
茨城県に住む女（19）です
一人だと怖いので一緒にお願いします
Yokoyoko0921@yaboo.co.jp

166：**優しい名無しさん**：06/16 17:29:48
どの人が本気だか、わからない・・・

167：**並木レイコ**：06/16 17:48:20
私は本気です。
神奈川県在住で、車持ってます。

168：**優しい名無しさん**：06/16 17:57:33
>>165
まず女であることを公開するな

プロフは30代男性です、とでも嘘ついとけ
女のかまってちゃんは足手まとい、これ常識

169：優しい名無しさん：06/16 19:22:49
当方、千葉県の精神病院に入院しています。家族に半強制的に入院させられているので、今すぐというわけにはいきませんが、数ヵ月後に一緒に死んでくれる方を募集します。家族や親族に迷惑をかけたくないので、身辺を整理して、身元がわからないかたちにしたいと思います。

170：優しい名無しさん：06/16 19:36:10
今すぐじゃないとかマジうぜー

171：優しい名無しさん：06/16 20:15:56
自殺志願者でオフして語り合ってみるのは、いかがでしょうか？
「自殺をするオフ会」ではなくて「自殺志願者が語り合うオフ会」ならば、よいのではないでしょうか？

同じ境遇同士語り合えば、逃げ道が見つかるかもしれませんよ。

172：**優しい名無しさん**：06/16 20:39:07
同じ境遇なんてありえないでしょ？
身の上話なんてマジしたくないし・・・

173：**淀川心中**：06/16 20:39:54
>>171
たぶん女狙い。レイプ目的だろ

174：**並木レイコ**：06/16 21:00:07
だから、逃げ道が、もう死ぬしか残されてないんだよ。

175：**優しい名無しさん**：06/16 21:19:44
何故ですか？
みんな、本気です本気ですって、死ぬことに本気出さないで、生きることに本気出してみて下さいよ。

だいたい、何故、死にたいんですか？

176：**優しい名無しさん**：06/16 21:29:09
詮索するなアホ馬鹿失せろ

177：**スレ主**：06/16 21:52:55
スレ主です。もうちょっと生きてみようかなと思い、このスレを立てましたが、もう限界です。メール下さい
blackangels@yaboo.co.jp

178：**優しい名無しさん**：06/16 22:01:34
札幌いませんか？

179：**淀川心中**：06/16 22:20:27
いませんか？とか書き込んで、メアド晒してないヤツは、死ぬ死ぬ詐欺なので、要注意

180：**優しい名無しさん**：06/16 22:28:31
このスレってガチなの？
ツーホーするぞ

181：**優しい名無しさん**：06/16 22:36:19
その前にみんな俺んちこいよ。何のモテナシもできないが、温かいコーヒーぐらいならいれられる。ちなみに俺も自殺志願者ではある。

182：**スレ主**：06/16 22:41:56
スレ主ですが、167さん、車持ちですよね？
練炭で逝きたいです。私と167さん決定だとして、募集定員あと2人です。性別年齢は問いません。強めの睡眠薬4人分持ってきてくれると助かります

183：**淀川心中**：06/16 22:58:28
結局、自分の始末を他人にしてもらおうと思っとるってこと？

184：**真っ暗**：06/16 23:06:13

でも、みんなそうなんじゃない？
そうじゃない死に方って、どんなの？
>>168
アドバイス、ありがとうございます
嫌味じゃないです
教えてもらって感謝してます

185：**優しい名無しさん**：06/16 23:07:46

ハルシオンならあります。

186：**淀川心中**：06/16 23:09:35

アホちゃうん？
ハルシオンなんか強くねーだろ、エバミールかアモバンにしとけ

187：**優しい名無しさん**：06/16 23:11:26

日本の医療水準は世界一

練炭自殺の失敗例多数

188：優しい名無しさん：06/17 06:18:26
もう何がなんだかわかりません。なにを言われているかもわかりません。ごめんなさい、わたしは死にたいだけなんです。今すぐ、死にたい・・・

189：優しい名無しさん：06/17 11:30:21
死にたいんじゃなくて、生きたくないだけでしょ？
生きたくないと思えることがたまたまあったとしても、生きたいと思えることがこれから待っているかもしれませんよ。

190：優しい名無しさん：06/17 11:45:01
>>189
宗教？

191：淀川心中：06/17 11:51:40

練炭は夏場ハードル高いよ
まずあの暑さで眠れない
アモバンでも無理だ

192：優しい名無しさん：06/17 12:11:20
淀川心中さんは、練炭自殺未遂者？

193：スレ主：06/17 13:10:11
スレ主です
アド晒したので、プロバイダーが割れて警察来る可能性あり。猶予は2日
決行日は6月19日神奈川です
blackangels@yaboo.co.jp

JR品川駅臨時ホームに立っている少女は、携帯電話を閉じてスクールバッグのポケットに入れ、その手で白とミントグリーンの小さな箱を取り出した。

ニコチン０・１㎎

タール１㎎

今日のはピアニッシモ。

銘柄（めいがら）は決めてない。

軽くてメンソールだったら、なんでもいい。

喫煙（きつえん）歴は２ヶ月ちょい。

日に一、二本だから、喫煙者の列には加わってないと思う。

他人の口から吐き出されるけむりは大嫌い。パパの副流煙（ふくりゅうえん）だって我慢できない。受動喫煙防止条例をいちばん施行（しこう）してほしいのは、家の中だったりする。

少女は、煙草（たばこ）を一本くわえて１００円ライターで火をつけ、隣のホームから流れて来る鉄道唱歌のメロディーを聴いた。

いつからこの発メロになったんだろう？

昔は、これじゃなかったような気がする。

むかし？

昔って、いつ？

中学のころ？

卒業式から３ヶ月しか経（た）ってないのに、すごく昔のことみたいに思える。

中学、楽しかったな……

でも、楽しいことは、すぐ終わる。

終わってしまえば、むかしのことだよね。

昔むかし、市原百音（いちはらもね）という中学生がいましたとさ……めでたしめでたし……おしまい……

親戚のおじさんとかおばさんは、わたしの顔を見るたび「もねちゃん、いくつになった?」って訊（き）いて、「15歳です」って言うと、「いいね、まだまだこれからだね」「なんでもできるね」「いちばんいい時期だね」なんて平気で言うけど、小学校よりは中学、中学よりは高校ってだんだんだんだん可能性が狭まって……

中学の3年間塾に通って、本命の公立落ちて、楽勝モードだって言われてた偏差値50のママおすすめの私立も落ちて、下見もしなかった偏差値40のすべり止めに入るしかなかった時点でサゲサゲMAXで、もうわたしの人生なんて終わってますって……

だって、あの入学式……入学式ってアゲアゲじゃなきゃ成立しないセレモニーなのに、新入生たちの顔も保護者たちの顔も先生たちの顔も揃（そろ）いも揃ってサゲサゲで、受験戦争に敗れたサゲサゲハートに容赦（ようしゃ）なくサゲサゲが染み込んでったわけですよ……

あぁあ、終わっちゃったって……

でも、人生は終わらないの。

つづいてくの。

平均寿命まで生きるとしたら、あと60年だか70年、実は終わってる人生に縛りつけられて、就職、結婚、出産、育児、子どもの小学校、中学校、高校、大学、旦那の定年退職、老後……

シニタイ。

でも、死にたいわけじゃない。

シニタイ。

死にたい、と思ってみてるだけ。

シニタイシニタイシニタイ。

煙草の先から灰が崩れ、少女の黒いローファーの上に、落ちた。

カタッ、カタン、カタッ、カタン、カタッ、カタン、ココココォーッ……

少女は貨物列車が通り過ぎたあとの線路を見下ろした。

白い半袖ブラウスの肩に流れていた髪が、横顔の耳と頬と口と顎を隠す。

臨時ホームは臨時にしか列車が通らないから、枕木と敷石のあいだに雑草が生い茂り、所どころレールを見えなくしている。

白い小さな花……

ハコベかな……

ナズナ……

放心して緩んだ唇から混み合って窮屈そうな歯並びを覗かせた少女は、臨時ホームの端にあるトイレから出てきた黒いタイトスカートの女が背後を通り過ぎたことに気づかなかった。

女は鉄道唱歌を口の中でつぶやきながら7、8番線臨時ホームの階段を上がっていった……春さく花の藤枝も　すぎて島田の大井川　むかしは人を肩にのせ　わたりし話も夢のあと　いつしか又も暗となる　世界は夜かトンネルか　小夜の中山　夜泣石問えども知らぬよその空……

黄色い線の上に立った少女は、無意識のうちに二本目の煙草に手を伸ばしていた。

火をつける。

けむりを吸う。

吐く。

人差指と中指の第一関節に忍び寄っている煙草の火が、フィルターのミントグリーンの「Ｏｎｅ」の文字を焦がす直前に、ひとりでに消えた。

少女は煙草を線路に放って、東海道線東京行きが到着した5番線ホームに目をやった。

この時間、品川駅から東京行きに乗る人ってほとんどいないんだね、小田原とか茅ヶ崎とか鎌倉とか逗子とか海の方に行く電車は帰宅ラッシュなのに……

朝と夜、毎日二回、1時間以上立ちっぱなしで10年も20年も30年も家と会社を往復するなんて、イヤだな……

でも、10年も20年も30年も、家の中で毎日、旦那や子どもの帰りを待って暮らすのも、イヤだ……

嫌なことはいくらでも言えるのに、好きなことはなにひとつ言えない。
11、12の東海道線、15の横須賀線のホームは白いパネルの向こう側……
もうずうっと工事中……

いつまで工事中？

工事中の駅を見ると、なんだかとっても不安になる。

塀やパネルで覆（おお）われて、どこまで工事が進んでるのか見えないせいもあるんだろうけど、なんだか、こっちのほうが隠されてるみたいな……いままでの自分と違ってしまってるのに、どう違ってるのか見えない感じ？……でも、隠されて見えないのは、いままでの自分なのか、いまの自分なのか……

建設中のマンションみたいに、何年何月何日から何年何月何日までの工事だって貼り紙しといてくれればいいのに……

工事前はこうでした、工事後はこうなりますっていう完成予想図を見ることができれば、ちょっとは安心できるんじゃないかな……

予想……予期……予測……

「5番線、ドアーが閉まります、ご注意ください」

推測……推定……想定……

仮想……夢想……期待……

鉄道唱歌の発メロが流れて、プォン、ゴォー、ゴトゴト、ゴトゴトゴト、ゴト、ゴト、ゴットン、ゴットン、ゴ、トン、ゴ……プシュウーキキ、キキ、キィ、キ……東海道線が新橋の方向へ走り去ると、2番線にすべり込んできた黄緑ラインの山手線外回りが見えた。

ホームに並んだサラリーマン、OL、学生……

車内は既に満員で、乗客たちは座席にすわることも吊革（つりかわ）につかまることも網棚に荷物をのせることもできない。

少女は、臨時ホームに吊り下がっている時計の緑色の文字盤を見上げた。

5時44分。

そろそろママが、慧（さとし）くんのお弁当を塾に配達する時間だ。

育ち盛りの慧くんに冷たい晩ごはん食べさせるなんてできるわけないでしょ、って毎日ママチャリでホカホカのお弁当届けて3年目になる。

育ち盛り……

わたしは、もう育ち盛りじゃないのかな……

わたしの育ち盛りって、いつからいつまでだったんだろう……

わたしは、慧くんみたいに中学受験なんてさせてもらえなかったし、高校受験の時も近所の学習塾みたいなところだったからね……そのせいで志望校に入れなかったなんて言いたいわけじゃなくて、それはわたしの学力が低いせいだし、勉強自体好きじゃないから、妬（ねた）んだり僻（ひが）んだりなんかしたことはない……

でも……

誰にも、なんにも、期待されないのは、淋（さび）しいのかもしれない……

期待され過ぎるのも、辛（つら）そうだけどね……

少女は、煙草くさい溜め息を足もとに落として、臨時ホームの階段を上がっていった。

スクールバッグにぶら下げたスカイブルーのMとシルバーピンクのIのイニシャルチャームと、赤いハートをかかえたリラックマのデカチャームがジャラジャラカチカチと派手にぶつかり合って、ケータイメールのアヒルの着信音を聞き逃すところだった。

少女は階段のちょうど真ん中あたりで立ち止まり、スライド式の黒い携帯電話を開いた。

ちなみに今日ひま?
カラオケカラオケ!!

眉間(みけん)に一本縦皺(たてじわ)が深く刻まれたが、少女は自分の顔の変化に気づかないままメールを打って、送信ボタンを押した。

行くー!!
渋谷?

臨時ホームの階段を上り切って、JR品川駅構内のNEWDAYSの前を通り過ぎ、バラの赤、ヒマワリの黄、コチョウランの白……花屋の前で歩を緩めた時、白いテッポウユリが突き出た花束を手にした黒いタイトスカートの女が店から出てきた。

少女は鳥を見たように思った。

不気味で大きな鳥――。

しかし、通り過ぎて振り返ると、それはただの中年女だった。

ママと同じくらいの歳かな？　担任のウメバーと似てなくもないかな？　とにかく痩(や)せてて、自動ドアが開かなかったとか、日傘さしてメリーポピンズみたいに浮き上がったことがあるとか自慢してたけど、中年になってげっそりするのと、でっぷりするのと、どっちがマシなんだろうね……わたしって40歳になるのかな……40歳になるなら死んだほうがマシだけど、25年経(た)ったら、平気で40歳になってるんだろうな……結婚して、わたしぐらいの子どもがいて……

少女はＮＥＷＤＡＹＳとしながわそばのあいだを曲がって、トイレの中に入っていった。

下は制服の赤チェックのプリーツスカートのままだが、上に私服のグレーの長袖パーカーを羽織(はお)ってトイレから出てきた少女は、1、2番線山手線ホームの階段を下りていった。

「ご乗車ありがとうございます」

「なんか自分のことで精一杯になっちゃって、ひとのことぜんぜん聞いてなくってさ」

「でも、トモミンは自分の変化にすっごい正直なひとだと思うよ」

「エーぜんぜんそんなことないよ」


「**2番線、ドアーが閉まります、ご注意ください**」


少女は、二人のＯＬの三つ編みをほどいたようなゆるウエーブの茶髪に視線を定めて山手線外回りに乗った。

ゴト、プシュー、トン、ルゥ――――ゥ、ゴト、ゴト、ゴトッゴトッ……


「あのひとって仕事が一番とか思ってるでしょ？　あの感じちょっとウザくない？」

「あぁ、あれは正直イタイよね」

「でもさぁ、イケダ部長、ぜんぜん評価してないらしいよ。来年は異動じゃないかな」

「むしろ、いま異動してほしぃ」

「ブハッ、チエ、それ言い過ぎぃ」

「この電車は山手線外回り、渋谷・新宿方面行きです、次は、大崎、大崎、お出口は左側です、埼京線、湘南新宿ライン、東京臨海高速鉄道りんかい線はお乗り換えです」

ゴトゴトッ、ゴトゴト、コトコトコトコト……

右手にスクールバッグ、左手に携帯電話を持った少女は、二人のＯＬにぶつからないよう両足を踏ん張って、Ｂｏｏｋｍａｒｋのいちばん上にある掲示板にアクセスした。

登録名は、ビギナーズレシピ。

ママにフィルタリングの解除をお願いしたら、わたしはネットのことはよくわからないから、パパに訊いてって言われて、将来ＩＴ関係の会社に就職したいからとか説得材料をいろいろ考えたんだけど、拍子抜けするほどあっさりとフィルタリング不要申込書を書いてくれた。

百音はヘンなサイトを覗いたりする子じゃないから、パパは百音を信じるよって言ってたけど、違うよね？　どうでもいいからだよね？　心配してないだけ、関心がないだけ、期待してないだけ……

その代わり、パパには珍しく強い口調で言ったのは、電話料金のことだったよね……5千円までは払うけど、5千円超えた分に関しては自分のお小遣いから出しなさい、メールやネットはパケット定額でカバーできる、電話は家族間通話はタダだけど、友だちに電話し過ぎると大変なことになるぞって……

わかってますって……公立落ちて私立に行くしかなかった時点で入学金だけでも40万円余計にかかったわけだから、ほんとうはテニス部に入りたかったんだけど、ユニフォーム代とか合宿代とか遠征代とか、これ以上親に負担かけるわけにいかないから帰宅部に甘んじてるわけだし、大学とか専門学校なんてワガママ口が裂けても言えないし……じゃあどうするの？って訊かれても、どうすればいいかわからないけど、あと2年と9ヶ月したら家を出て働くしかないんだろうな……なにして働くんだろうなわたし……無難(ぶなん)なとこでやっぱりサービス業なんだろうな……デパートとかファミレスとか居酒屋とか？……ＩＴ関係じゃないことだけは確かですね……

「この電車には、優先席があります、お年寄りや、体の不自由なお客さま、妊娠中や乳幼児をお連れのお客さまがいらっしゃいましたら、席をお譲(ゆず)りください」

やっぱ黒にしといてよかった……一瞬ピンクか白？って迷ったんだけど黒がいちばん飽(あ)きがこないし、汚れないし……わたし、当分このコでいいな……こう少し丸みがあって手にしっくりくるし……ヘンに角張ってるのはイヤ、折り畳み式もイヤ……中学ンとき机の下でメールやってて、閉める時パタッと音がして、担任にバレて没収されたんだけど、放課後、教員室に取り行ったら、6時限目だったから明日の放課後まで没収って言われて、すごいショックだった……

「This is a Yamanote Line train bound for Shibuya and Shinjyuku. The next station is Oosaki. The doors on the left side will open」

このコのポイントはボタンの押しやすさだな……ポチポチ押してる感じがいい……文字の変換スピードも、遅いとノロマ！って感じだけど、このコは超優秀、2コ1でどこにだって走って行ける感じ……

「湘南新宿ラインの普通列車、8番線から18時10分です、どちらさまもお忘れもののないようにご注意ください」

「えっ、降りるの？」

「うん、今日は帰る、明日早いから」

「うっそ、マジで?　なにソレ」

「ごめんね、でも早いんだよ」


「どっちが上だよ?って話だよね〜」

「でも、上とか下とかないから、アレは別にいいんだよ。でも、まぁいちおう報告はしたからね、まぁでもアレではあるよね」

「正直ちょっと引くよね」

「言えてる」


「終わった?」

「うんうん」

「ユミは?」

「うんうんうんうんうんうん」

「ねえ、ちょっとダルいんスけど」

「だって、アイツがさ〜つづけてモノ考えられないのが問題なんだよ。フツーはもう少しいい反応するよ」

「いや、むしろアソコで反応しなかったのが問題じゃね？」

「そうかも、それってもうセンスだよな、あきらめろって感じ」

「いや〜、そういうオレも自信ねぇ」

「ハハハハ」


いくら聴いても、なに話してるのか、わからない。

聴きたくて聴いてるわけじゃないけど、勝手に声が耳に飛び込んで来る。

こんなに声だらけだと、息と息が縺れ合う気がして、息苦しい。

わたしの耳だけじゃなくて、山手線に乗ってる全員の耳が開いてるのに、みんな聴いてないの？

ねぇ、どうしたら、聴かずに済むの？


「東急池上線、都営地下鉄浅草線はお乗り換えです。The next station is Gotanda. The doors on the right side will open. Please change here for the Tokyu Ikegami Line and the Toei Asakusa Line」

「わたし、長男が隣に寝てないと眠れないんだよね〜この前お泊まり会でいなかったら、わたしのほうが眠れなくなっちゃったんだよね〜」

「そうなんだ〜」

「なんか大きさがちょうどいいっていうかさ〜安心っていうかね〜」

「だって癒し系だもん。この前も幼稚園で会ったら、にこにこ走ってきてくれたよ〜」

「そう、みんなになついちゃうんだよね〜なんだかね〜」

「ご乗車ありがとうございました、五反田、五反田です」

「えっ、乗る？ 乗る？ 乗るの？」

「乗って！　早くッ！」

「2番線、ドアーが閉まります、ご注意ください」

みんな傘持ってるんだ……

雨ふったんだっけ……

いつ……

雨ふりました？

「閉まるドアー、ご注意ください、ドアが閉まっております！　お下がりください！」

ゴト、プシュー、トン、ルゥ――――ゥ――ゴト、ゴト、ゴトッ、ゴトゴトゴトッ……ルルゥーン、カタッカタッ、カタ、タタタタァァァ……みんな山手線沿線の会社や学校に、朝から夕方までいたはずなのに、近くにいたって感じがしない……カタタタタタッ、カタタタッ……同じ一つの時間を過ごしたって感じがしない……カタタタタッ、カタタタタッ、カタタタン、カタタタン、カタタ、カタタ……この時間、山手線は4分おきに走ってて、品川から新宿まで20分しかかからないのに……カタタタタッ……漂流してるみたい……カタタタン、カタタタン、カタタタタ、カタタタ、カタタタン……線路の上をいくつもの時間が束になって流れて、その中にわたしの時間もあるはずなんだけど……プォン、ゴォー、ゴトゴトッ、キキ、キキ、キィ、キ……キ……キィイイ……わたしの時間は、いつも軋んでる……キィイ……キィイイイ……時間の不協和音……

「そろそろ、いいんじゃない？」

「え～でも、サクライくん単体じゃな～」
「いろいろ試してみればぁ？　割とおもしろいかもよぉ」
「でも、行けないいんだよ、なかなか。それよかさ、店決めた？　なにその顔、ぜ～んぜん決めてませんって顔？」
「てゆ～か、なに食べたい？」

「次は、目黒、目黒、お出口は右側です、東急目黒線、地下鉄南北線、都営地下鉄三田線はお乗り換えです」

キキ、キキ、キィィィイ……夏場の電車ンなかってすごいヤだ、汗がにおう息がにおう空気がにおう……キッ……キキッ……ゴト、プシュー、ルルル、コト……鼻と耳が開いてるのはどうしようもないから、誰かのことを考えて目を閉じたいのに、誰の顔も思い出せない……どうして、わたしは誰のことも好きじゃないんだろう……家の人も、学校の人も、電車の人も好きじゃない……キキ、キキ、キキキキキィィィ……

「ご乗車ありがとうございました、目黒、目黒です、お忘れものないよう、ご注意ください……2番線、ドアーが閉まります、ご注意ください」

「ねえ、ちょっと聴かせてよ」

「えっいいよ」

「あっいいい、片方でいい」

「いいよ、聴きにくいよ。音量、調節してね」


「どれが？」

「えっ、どれって？」

「あ、ゴメン、そういうつもりじゃなかったんだ」

「えっ、なにそれ」

「うん、いいや」


「2番線、ドアが閉まっております！　ドア、閉まります！　ご注意ください！」


「どうします？　このまま直(ちょく)で戻ります？」

「う〜ん、あと1ヶ所まわろうか」

「どこ行きます？　シマムラさん、最近行ってないっスよ」

「いや、ちょっと遠いだろ。いまからなら、ウエマツさんかイトウさんかな」

「じゃあ、新宿で総武線っスね。会社に連絡しときます」

「いいよ別に、連絡なんて」


ゴト、プシュー……トン、ルゥ――――ゥ――……ゴト、ゴト、人、人、ゴト、人、ゴトゴトッ、人ひと……わたしにとってはなんでもない人……ゴトゴトッ、なんでもない人……ゴトゴト……なんでもない時間……コトコトコト……なんでもない人とないでもない人が関係を結ぶ……コトコトコト……それってなんでもない関係なのかな……ルルゥーン……それとも関係した途端になんでもなくない人になるのかな……カタッカタッ……でも、関係するってどういうこと？……カタッカタッ……なんでもない人と関係するなんて、わたしは無理……カタ、タタタタァァァ……命は重いとか、誰も彼もの命をなにかであるかのように語る人って、大嫌い……タタタタァァァ、タタタァァァ……だって、なんでもない人の命なら、なんでもない生で、なんでもない死でしょ？……タタタタァァァ……タタタタァァァ……


「ホントはさ、ちょっとキビシかったんだよね～」

「わたしも！　でもさ、ちょっと言えないよね～」

「言えないっていうかさ、来週から月、木のシフト同じなんですけど、どうしよ」

「ウッソ〜、ムリかも〜」

「ムリっしょ？」

「そうですか？　もう少しいけたと思うんですが」

「いや、ギリギリだよ。見積もりを見た時の顔、気づいた？　アレ、だいぶ差があるぞ。苦笑いしてた」

「えっ、でもあと10くらいはなんとかなりますよね？」

「おれの一存じゃ無理だよ」

「アケミって評判悪いよねぇ」

「ソレよく聞くぅ」

「全体的に媚びてるしアノコォ」

「次は、恵比寿、恵比寿、お出口は右側です、埼京線、湘南新宿ライン、地下鉄日比谷線はお乗り換えです、ご乗車ありがとうございました」

「昨日先に寝ちゃってたよ」

「あ、そう」

「寝顔みてたんだ」

「え？　そうなの？」

「5分くらい見てたと思う」

「なにソレ」

「フフフフフ」


「なに、メール？　誰から？」

「うん？　会社から」

「えっもしかして、戻らなきゃかも？」

「いや、ソレはだいじょうぶ。でも、ちょっと次の駅で降りて一度電話するわ」


少女は「ビギナーズレシピ」の最新のスレを眺めている。

── 193 : スレ主 : 06/17 13:10:11

スレ主です
アド晒したので、プロバイダーが割れて警察来る可能性あり。猶予は
2日
決行日は6月19日神奈川です
blackangels@yaboo.co.jp

194：優しい名無しさん：06/17 13:13:20
>>193
アド晒したって言ったってフリーメールじゃん　説得力ねーよ
シヌシヌ詐欺じゃね？
スレ主ネナベくさくね？
死ぬ前に一回やらせろ　どうせ死ぬんだからいいだろ

195：ゴーゴーゴーゴー：06/17 13:18:35
>>193
ここってガチなん？はやくスレストしとけよ

196：優しい名無しさん：06/17 13:20:20
去年は２００人くらい保護されたんだよね、カキコミから通報した
お節介さん達のおかげで

197：淀川心中：06/17 13:23:20
>>193
エバミール、アモバンだったら４人分用意できるが、今夜一晩考えて
メールする

「だったら渋谷で降りる？」

「いや、新宿？」

「オッケ、じゃ新宿まで行こっかぁ」


「ギャラリーまでの道、わかるの？」

「うん、たぶんだいじょうぶだと思う」

「えっ、表参道だよね？」

「たぶん渋谷からでだいじょうぶ、青学の裏手だから」

「どこソレ?」

「こどもの城の前あたり」

「時間だいじょうぶなの?」

「ギリかも」

「つぎ?」

「うん、降りよっか?」

「歩けるよね?」

「たぶんね」

「ご乗車ありがとうございました、恵比寿、恵比寿です、すいてるドアーよりお入りください、まもなく、ドアーが閉まります、すいてるドアよりお入りくださ い、ご注意ください!　お詰めくださ〜い!」

ゴト、プシュー……トン、ルゥ――ゥー……ゴト、ゴト……平凡がイヤなんじゃない……ゴト、ゴトゴトッ……こうやって、わたしが生きてる時間が……ゴトゴトッゴトゴト……平凡な時間の中で無駄に過ぎてるのが……コトコトコト……イヤだ……コトコトコト……イヤだ……ルルゥーン……堪えられない……カタッカタッ、カタ、タタタタァァァ……タタタタァァァ、タタタタァァァ……タタタタァァァ……


「それ、布に刷ったらどうなるんだろうね？」

「わかんないけど、まだ時間あるよね？　新宿に寄ってもいい？」

「え、いいけど、もうオープンしちゃってるよ」

「っていうか、ひと駅くらい歩けって話だよな」

「でも、意外と遠いっスよね」

「そんなに変わらないよ」

「変わりますよ〜」


「ねぇ、カバン開いてるよ」

「えっ、あっ、ホントだ、ぜんぜん気づかなかった」

「だいじょうぶ？」

「いや、だいじょうぶだと思うけど」

「降りたらちゃんと見たほうがいいよ、もしかしてずっと開いていたのかもしれないし」

「次は、渋谷、渋谷、お出口は左側です、東急東横線、東急田園都市線、京王井の頭線、地下鉄銀座線、地下鉄半蔵門線、地下鉄副都心線はお乗り換えです、電車とホームのあいだが空いているところがありますので足もとにご注意ください」

「お疲れさまでした～」
「お疲れ～また明日ね～」
「じゃっね～」

「あ、いま渋谷に着きました……えっ、ちょっと聞き取れなくて……はい、エクセルの……はい、わかりました、すぐに参ります……ああッ！　どこだよッ！」

「出たら左行って、左！　改札で待たせてっから」
「チョイ遅れましたね」
「店、直でもよかったな」

「ゴッメ～ン、やっと着いたぁ……うん、いまそっち向かってるとこ……うん、うん、スタバの前まで迎えにきて」

「ご乗車ありがとうございます、電車とホームのあいだは広く空いております、足もとにご注意ください、すぐの発車となりま～す、すぐの発車となりま～す、降りるお客さま、済みましたドアより、ご順に車内中ほどへお進みください、新宿、池袋方面行き、すぐの発車です」


「ねぇ、ちょっと待って！　半蔵門線ってこっちでいいんだっけ？」

「どこから出ても、だいじょうぶだよ」

「ねぇ、違うって！　ちょっと待ってってば！」


「すっごいカワイイんだよ、ぜったいイイって」

「イケそう？」

「ぜったいイケるって」

「マジで？　ちょっとトイレ寄っていい？」

「1番線、ドアーが閉まります、ご注意ください」

たくさんの乗客とともに山手線外回りから押し出された少女の視線は、電車に向かって来る人と人の顔と顔のあいだを掠めて、ぶら下がり看板の〈渋谷〉の二文字を見上げた……プシューキキ、キキ、キィ、キ……キ……キ……むかしは平仮名で〈しぶや〉だった気がするんだけど、気のせい？……キ……キ……キ……ゴト、シュー……むかし……むかし？……むかしって、いつ？……中学ンとき？……小学校ンとき？……ルルル、コト、コト……通勤通学時間と帰宅時間って、足並み揃えたくないのに揃っちゃうからイヤだ……イヤだイヤだ……

少女は、ハチ公口改札に隣接している女子トイレに入ると、ピンクの水玉模様の黒いビニールポーチの中からリキッドアイライナーを取り出し、上瞼の際に細く真っ直ぐな線を引き、手首にはめていた100均のピンクのシュシュで髪をポニーテールにしているあいだにアイライナーを乾かして、ビューラーでまつげを挟んで小刻みにプレスしながら毛先に移動していった。

マスカラ上まつげOK、下まつげOK、リップグロスOK、8×4パウダースプレーせっけんOK、スカート外折り二回OK——、少女は鏡の前でハキュッとアヒル口を拵えて写メの練習をし、女子トイレを出た。

スイカを自動改札にタッチしてハチ公口に出ると、もう山手線の音は聞こえなかった。

少女は、ちょうど信号が青に変わったスクランブル交差点を4・5センチヒール黒革ローファーでカツカツと渡っていった。

「よく聴いてください、いまは恵みの時です、今日は救いの日です、間違ってはいけません、神は全ての人に悔いあらためを命じておられます」

繰り返し流されている男の声が妙に気になって、少女は声の源を目で探し、センター街の入口に〈罪を悔いあらためなさい〉という黄色いプラカードを持って立っている女を見つけた。

顔はプラカードで見えないが、緑と白のラガーシャツは大きな乳房で盛り上がり、手足の白さで白人だということがわかった。

「罪人は決して神の御国に入れないのです、大審判の日が迫っています、あなたの隠された行いも密かな思いも全て暴かれます、全ては神に見通されているのです、罪を

犯す人びとの受けるべき報いは永遠の地獄です、悔いあらためなさい」

暑い、と思った瞬間、ネオンといっしょにビルというビルの輪郭（りんかく）がとろけて流れ出した気がした。

立ち眩（たちくら）みだ――、少女は深呼吸をして、もう一度ハキュッとアヒル口をつくり、プラカードの白人女の横を通り過ぎてセンター街を突き進んでいった。

なにか起きるのではないかという期待が少女の体を弾（はず）ませ、どうせなにも起きないに違いないという諦めが少女の心を萎（しぼ）ませた。

今後の課題はアゲアゲとサゲサゲの両立だな――、少女はカラオケＢＯＸのビルの中に入っていった。

＊

無残に崩れたハニートースト……

バニラアイスと生クリームとメープルシロップがどろどろに溶けて染み込んだ立方体のハニートースト……

ハニトー食べようぜ、一人１コ余裕っしょ！ってメニューを指差したのは、日菜子（ひなこ）

さま。ハニトーは680円だけど、これはフレンチメープルだから780円もするし、だいたい甘いよ、甘過ぎる、トースト一枚だったらフツーにおいしいのかもしれないけど、ハニトー一斤なんてぜったい無理、2コ頼んで五人でシェアしようよ、って言いたかったんだけど、言えなかったのは、わたし……

　どうして、このグループには、好きなものを注文したり、イヤなものを注文しなかったりする権利がないんですか？　権利っていうか自由？　お揃いのシュシュがつけられなくなっちゃうからショートカットにしちゃいけないとか、違うグループの子とはあんまり口きいちゃいけないとか校則より厳しい掟で縛り合うイツメンって、友だちではないよね？

　イツモイッショデナケレバイケナイメンバー……

百音は、フォークをハニートーストに突き刺して、ナイフを前後に動かした。

見えない……

目が乾いて痛いから、さっきトイレでコンタクトはずしちゃったんだけど、カラオケ終わるまで我慢してればよかったかな……眼鏡かけますか？……でも、眼鏡かけて歌う気まんまんだとか思われたら、困る、メゲル、歌いたくないし……

百音は、四人のメンバーに気取られないように、自分の腕時計を盗み見た。

　8時半だよ。日菜子さまは親公認でバイトやってて、バイト先で出逢った大学生のカレシとつきあってて、外泊もオッケーなくらいだから何時まで歌っててもいいんだろうけど、うちらの門限って10時だからね、そろそろお開(ひら)きにしないと、門限に間に合わない。みなさ～ん、もう2時間も歌ってるんですよ～、あと30分でお開きですよ～、もう延長はナシですよ～。

百音は、ようやくひと口サイズに切りわけることに成功したハニートーストを口に入れた。

と、いきなり、木村カエラの「Butterfly(バタフライ)」の前奏が流れ出し、ゆかりんがいちごポッキーを両手に持ってタクトを振りながら、担任のウメバーの顔面模写をはじめた。

激似ぃ。うけるぅ。ポップコーンとポッキーはゆかりんの持ち込みだし、とっさに思いついたんじゃなくて、仕込みだったのかもね。この2ヶ月半、ゆかりんはおもしろい子ポジション死守してるからね。

「サゲサゲもねりんのアゲアゲ曲！」

――このグループの中でいちばん嫌いなのは、クドチホかもしれない。

「え～、コレわたし入れてないよ～」

と言いながらも、百音は口の中のトーストを飲み込んで、テーブルの上のマイクを手に取った。

リモコンを掌握(しょうあく)してるのは、日菜子さまだ。カレシにメールしながら曲目選んで入力してる。

「みんなで歌おうよぉ」百音は、半端な笑顔で半端に呼びかけてから、あ、いま、歌うのイヤそうに見えたかもしれない――、と上唇を富士山みたいに尖らせてマイクを水平にし、適度なやる気を装って見せた。

Butterfly 今日は今までの
どんな時より 素晴らしい
赤い糸でむすばれてく 光の輪のなかへ
Butterfly 今日は今までの
どんな君より 美しい
白い羽ではばたいてく 幸せと共に

ゆかりんは、ウメバーの顔真似をつづけている。教室でも机ンなかに箱ティッシュ常備してるし、初プリのとき既に白目むき出しでヘン顔してたし、立ったり座ったりするとき、いちいちドッコイショとか言うし、韓流スターの物真似とか激ウマだし、きっと中学ンときから、不動のおもしろキャラだったんだろうね、筋金入りだよ、かなわないわ。でも、ゆかりんウケる～って日菜子さまのお褒めに預かって、ありがたやありがたや～って両手で拝むのは、やり過ぎじゃない？

君は今誓い 愛する人の側で
幸せだよと 微笑んでる
確かなその思いで 鐘が響くよ

見えない……
画面真ん中にカエラちゃんがいるのは辛うじて見えるんだけど、カエラちゃんの目とか鼻とか口とかは見えないし、もちろん歌詞も見えません。この曲はうちらの定番だから、だいたい覚えてはいるんだけど……

たったひとつだけ 暖かい愛に包まれ
夢の全ては いつまでも つづくよ

小学校ンときママといっしょに教会に通ってて、クリスマスの聖歌隊やらされてたから、ほんとうはソプラノとかぜんぜんヘッチャラなんだけど、高音きれいに出し過ぎると、場が白ける。わざと胸を押さえて息切れして見せるのがコツだ……

Butterfly 今日は今までの
どんな時より 素晴らしい
赤い糸でむすばれてく 光の輪のなかへ
運命の花を見つけた チョウは青い空を舞う

「結婚してぇ！」

「い〜ねい〜ねい〜ね」

「エア彼氏ッ！　エア彼氏ッ！」

ゆかりんがポッキーの端を前歯で挟んで、顔を近付けて来る。

ポッキーゲームですか……ゆかりん口にチューーしてきそうな勢いで怖い……バレないように折るか……でも、わざと折ったって見破られたらハブられるな……

百音はポッキーをくわえて食べはじめる。

顔と顔が接近するのが怖いから、目を閉じる——。

「ヤダ！　もねりん目ぇ閉じてる！」

「ゆかりん、キュン死じゃね？」

「チューしてチューしてチューしてチューして！」

「ディープいっちゃれ！」

「デープ！　デープ！」

唇と唇が触れた瞬間、写メ写メ写メ……

軽くハケ口になるくらいなら、いっそのことグループ抜けたいな。

日菜子さまが、スカイソーダーズは抜けたければいつでも抜けられるゆるいグループだから、いいよ抜けても、ってお触れ出したけど、ちょっとでも抜けるみたいな素振(そぶ)り見せたら、抜ける前にハズされると思う。ハズされたら、他(ほか)のグループには入れてもらえない。クラス中にハブられる。トイレも休み時間もお弁当もひとりぼっちなんて、ぜったい堪(た)えられない。卒業までの2年9ヶ月間ハブられるくらいなら、死んだ方がマシ……

イツメンって、低姿勢、低リスク、低依存だと思ってたけど、実際は、低姿勢、高リスク、高依存だよね。

だいたい、スカイソーダーズは、なんで五人なんだろう？　なんで奇数なんだろう？　イツメンは偶数っていうのが鉄則でしょ？　学校の廊下歩いてても、外の道歩いてても、五人並べる広さはないから、どうしても2―3に分かれちゃうし、三人だと2―1に分かれがちだし、一人のコを二人で取り合いになりがちなんだけど、余るのはいつも、わたし……もしかして、最初から余計だったの？……きっと1日でも学校休んだら、悪口の嵐が吹き荒れて、ハブられる……だから、熱があっても、休めない……何日か休んで、休み明けに学校行く勇気なんて、わたしには、ない……

「もねりんって、絆創膏もってるキャラだよね、三種の神器ってヤツ？」クドチホが言う。

「他の二種って、なに？」マーヤが訊く。

「ハンカチ、ティッシュ？」と、クドチホ。

「それって、普通じゃん。神器でもなんでもなくね？　むしろ、持ってないとヤバイっしょ」と、マーヤ。

「のど飴、超立体マスク」ケータイを見ながら、日菜子さまがおっしゃる。

「アレっておいしくない？　ヨーグルトのど飴」マーヤが話題を変える。

「あぁアレ、昨日マーヤが電車ンなかでくれたヤツでしょ？　正直ミント苦手なんだけど、アレは弱ミントでおいしいよね」と、日菜子さまがケータイから顔をお上げになって、優雅に微笑まれる。

うちらンなかでいちばん仲がいいのは、誰がなんと言おうと、日菜子さまとマーヤだもんね。学校はノーネク禁止でネクタイかリボン選べるんだけど、日菜子さまとマーヤはいつもリボンで、リボンの端にお揃いのピアス2コつけてるし、スクバデコもスティッチとミニーちゃんの赤デカリボンで、配置までいっしょ。まぁ、井の頭線で登下校いっしょだし、クラブもバドミントンでいっしょだから、同盟結ぶのは仕方ないとして、井の頭線で、なに話してるのかな？　わたしの悪口だったりしてね、なぁんて考えるのは、被害妄想？

「ねぇ、ヨーグルトとかの蓋（ふた）の裏に付いてるヨーグルトっておいしくない？　ちょっと固くて」と言ったゆかりんは、二つ折りにしたポッキーを唇の両端にくわえて牙（きば）にしている。

「あ、わかるわかるぅ」と百音が相槌（あいづち）を打って、バニラアイスの蓋の裏に付いたアイスをいつも舐（な）めるという話をしようと思ったのに、ズッズッズッとクドチホがストローでアイスジャスミン茶を吸い上げて妨害した。もう氷が溶けたヤツしか残ってないジャスミン茶を、ズッズズッズッと——。

「日菜子さま、トリを選んでくだされ」ゆかりんがポッキーの牙を引き抜いて、お控（ひか）えなすってみたいに右手を差し出した。

日菜子さまは左手で曲目を入力すると、

「ちょっとさ、カレシに送るから、写メ写メ写メ写メ〜」

と右手でケータイをかまえる。

「アゲぴょん！」

五人は顔を寄せて、思い思いのポーズを取る。

「アゲ～」

日菜子さまが、撮りたての写メをみんなに見せる。

「いいね～いいよ～」

カラオケのスピーカーから「ポニーテールとシュシュ」の前奏が流れ出す。

「出ました！　ポニシュシュ！」

ＡＫＢ48は、全員ソファーの上に立って振り付きで歌うのが恒例になっているから、百音もソファーの上に立つ。

ポニーテール（ほどかないで）
変わらずに
君は君で（僕は僕で）
走るだけ
ポニーテール（ほどかないで）
いつまでも
はしゃいでいる
君は少女のままで

「海行きてぇ！　水着ほしい！」とゆかりんが吠える。

「もうすぐ夏だよね〜！」百音も弾んだ声を出す。

「10キロ痩せたら、ビキニ買う！」とゆかりんが痩せる宣言をする。

「10キロ？　デカイな目標」と日菜子さまがお言葉をおかけになる。

「10キロかぁ」と、いまでもたぶん40キロ前半しかないマーヤがわざとらしい溜め息を吐いて見せる。

「本気で痩せたぁい！」ゆかりんが絶叫する。

「うち、パパがワンピじゃなきゃダメって言うんだぁ」クドチホが空気読めない発言をする。

「ワンピの水着って逆につながってて気持ち悪くない？」日菜子さまがお訊ねになる。

「やっぱ、ビキニっしょ！」マーヤが今日いちばんの大声で断言する。

「夏休み前にみんなでビキニ買おうぜ！」

ただいま日菜子さまより、水着ワンピース禁止令が発布されました。ビキニがってというより、うちは値段的にアウトかも……ビキニって1万円以上するよね……ママにお小遣いの前借りお願いするしかないな……夏休みバイトして返すからって約束して……なんのバイトしようかな……

プルル、プルル、プルルルルルル――、ただいま、待望のインターフォンが高らかに鳴り響きました。

マーヤが兵士みたいに壁に歩み寄ってインターフォンを取り、

「あと10分ですが、延長はいかがなさいますかって」

と、日菜子さまの指示を仰ぎ、

「いいよ」

という日菜子さまのお言葉を受けて、

「じゃあ、延長ナシで」

と、インターフォンを元の場所に戻した。

「おっしゃ！　制限時間10分！　カロリー食べよ！」と、ゆかりんがフォークとナイフをつかむと、百音はハニートーストにフォークを突き刺し、他の誰よりも率先して食べまくった。

＊

「この電車は山手線内回り、品川・東京方面行きです、次は、目黒、目黒、お出口は右側です。The next station is Meguro. The doors on the right side will open」

ゴホッ、ゴホッ……腕組みして目ぇ閉じて咳してるおじさん……白縁眼鏡がヘン……てっぺんが尖った栗みたいな髪型もヘン……ゴホッ、ゴホッ……パパもよくあんな咳してるから、煙草の吸い過ぎかもしれないな……でも、風邪だったらヤだな……夏風邪は長引くっていうし、あの口から飛び出す風邪菌が、わたしの鼻とか口とかの粘膜にくっついて体中に蔓延するってイメージが生理的に許せない……あんなおじさんとそんな関係になりたくありませ〜ん……ゴトゴトッ、ゴトゴト、コトコトコトコト……


「睡眠不足だとさすがに眠いわ」

「ゆず、家でなにやってんの？」

「本読んだり、雑誌見たり、メールしたり……サミシッ！」

「サミシー！　聞いてて涙でてきちゃったよ。テレビとか見ればいいじゃん」

「テレビつまんなくね？」

ゆずってひとのスマホから「踊る大捜査線」のテーマ曲が流れ出す。

「あ、すいません。いま電車の中です、あと5分ほどで駅に着きますんで、着いたらこちらからかけ直します。申し訳ありません」

ゴトゴトッ、ゴトゴト、ゴトゴトッ、ゴトッゴトッ、ゴトゴトゴト……

「嘘だよソレ！　会社のこと？　ソレって誰のこと？　ソレほんとうだったら、スゴイもうオレイヤだな。会社、信じらんないもん。あ、月曜も行くのか、火曜も水曜も……」

「同業他社で評判悪くなっちゃうよね。あの暑さは想定しときたかった」

目の前で吊革につかまって読書してるサラリーマン、文庫本の黒いしおりが垂れてるのが気になる……ゴトッゴトッ……カバー裏返してて、なんの本だかわからないのも気になる……ゴトッゴトッ……きっと、このひとの頭ンなかは、この本に書いてあることでいっぱいなんだろうけど……プシュゥー、キキ、キキ……こんなに近くにいるひとが、なに考えてんのか、まったくわからないって……キィ、キ……キ……キ……怖くない？………ピンポーンピンポーン……あれ？　ドア開く時、ピンポーンなんて音してたっけ……

「ご乗車ありがとうございました、目黒、目黒です、お忘れものないよう、ご注意ください……1番線、ドアーが閉まります、ご注意ください」

ピンポーンピンポーン……ドア閉まる時も、ピンポーンなんだ……ゴト、プシュー、トン、ルゥ――ゥ、ゴト、ゴト、ゴトッゴトッ……

「肩の脱臼だったり骨折だったり、ね」

「それって保険とか出るんですか?」

「う〜ん、出るとも出ないとも言えないなぁ。第三者が見てないと難しいかもだけど」

「うちなんかアレ、接待はほとんどないですからね。アスリートとかカップルとか、女性のお客さまメインなもんですからね」

ゴト、ゴト、ゴト、ゴトゴトッ、ゴトゴトッ、ゴトゴト、コトコトコト……

「やっぱヤバイか〜、ケイコもヤバイと思う? どうする? どうしようかぁ〜、渋谷だけど、いっしょに行かない?」

「バッカ、行かないよ! てか、本気? てか、そいつら、アウトでしょ!」

「次は、五反田、五反田、お出口は右側です。The next station is Gotanda. The doors on the right side will open」

「え〜ケイコ、行かないのか〜、ケイコが行かないんなら、わたしも行かないかな〜、そいつらちょっとヤバイよね〜、渋谷って、どうよって感じだけど」
「でも、それセッティングしたの、あんたでしょ？　責任とりなよ」

ゴトッゴトッゴトッゴトッ……プシュゥー、キキ、キキ、キィ、キ……キ……キ……ピンポーンピンポーン……

「ご乗車ありがとうございました、五反田、五反田に到着です。車内にお忘れものないよう、ご注意ください」

タラリラチャンチャラ、タラリラチャラチャラ、タラリラチャンチャラ、タラリラリラリラ、ラララリィラララァ……
この発メロうるさい。でも、いつもは気になんないから、カラオケの後遺症かも。別に好きとかじゃないのに、日菜子さまとマーヤが二人で歌ったＧＲｅｅｅｅＮの

「キセキ」が耳について離れない……「何十年　何百年　何千年　時を超えよう　君を愛してる」……みんな「言われたことない！」「言われてぇ！」とかって悶えてたけど、歯が浮くようなお世辞って、こういうんじゃないの？

好きになるって、自分の感情が相手に流れ込むことで、自分が空っぽになりそうで、すごい怖いことのような気がする。

その逆で、好かれるって、相手の感情が押し寄せて来ることだよね？

好きと、愛してるは、違うのかな？

どっちにしても、怖いな……

「１番線、ドアーが閉まります、ご注意ください」

「まもなく、２番線に、渋谷・新宿方面行きの電車が参ります」

「１番線東京方面行き、発車しま〜す、ドアが閉まりま〜す、閉まるドアにご注意ください、閉まりま〜す！」

ピンポーンピンポーン……ケイコってひとにヤバイヤバイ言ってたひとが、なにをヤバがってたのか知りたかったんだけど、降りちゃった……ゴト、ゴト、ゴトッ……降りちゃいましたね……ルルゥーン、カタッカタッ、カタ、タタタタァー……吊革や手摺(てすり)につかまってたひとも、ほぼ全員、降りちゃった……カタタタッ、カタタタッ……

静か……

カタタタッ、カタタタタッ……

前に座ってるひと、みんな一人だ……

カタタタン、カタタタン、カタタ、カタタ……

左から性別行くよ、男、女、男、男、男、女、女……カタタタタッ、カタタタタッ……

足はオール革靴で、黒、黒、茶、黒、黒、黒、茶……カタタタン、カタタタン、カタタ、カタタ……

眼鏡は右端の女と、左から三番目の白縁眼鏡の咳おじさんだけで、あとの五人は裸眼もしくはコンタクト……カタタタン、カタタタン、カタタタタ、カタタタタ……で、なにしてるかと言うと、ケータイ、ケータイ、腕組み居眠り、祈りポーズ居眠り、ケータイ、ケータイ、巻き髪ひねりながら中吊(なかづり)広告……カタッ、カタン、カタッ、カタン……落ちまくり（オイルじゃないのに！）うるおいまくり（クレンジングなのに！）の広告を食い入るように見てますね……

「次は、大崎、大崎、お出口は右側です。The next station is Oosaki. The doors on the right side will open」

日本人って、基本サゲサゲ系だよね……カタッ、カタン、カタッ、カタン、コココココォーッ……

ドイツ暮らしが長い英語の平島先生は、電車の中で居眠りをするのは日本人だけです、ヨーロッパでは電車や地下鉄で居眠りして網棚の荷物を盗まれなかったら奇跡だし、ミニスカートの若い女性がだらしなく脚を開いて居眠りするなんて光景は、恥です、恥以外のなにものでもありません！って力説してたけど、入学式から２ヶ月半で、もう四回も聞かされてるってスゴくない？　いったい卒業までに何回聞かされることになるんでしょうか？

「ご乗車ありがとうございます、大崎、大崎です」

ゴホッ、ゴホ……白縁眼鏡のおじさん、マスクもしてないって、咳エチケットどうよって感じだよね。せめてハンカチを口に当てるとか、ハンカチ持ってないなら手で押さえるとかさ、腕組みなんかしてないでさぁ！

「品川・東京方面行き、発車です、1番線、ドアーが閉まります、ご注意ください」

あぁ、ヤなこと思い出した。
わたしが絆創膏とかハンカチとかの三種の神器を持ってるって言いやがったクドチホ、ほんと一回死んでほしい……

「閉まります！　ご注意くださ〜い！　閉まります！」

ピンポーンピンポーン……
むかしは、死んでほしいなんて思ったことないのに、最近よく思うな……
シンデホシイ……
シネ……

「例の企画どうよ」
「いや、難しいですよね〜、でも、感触は悪くないかも」
「いや、それって、いい感触だと思うよ」

「いやいや、楽観はできないけど、悲観してはいけないって感じですかね」

「次は、品川、品川、お出口は右側です。この電車には、優先席があります。お年寄りや、体の不自由なお客さま、妊娠中や乳幼児をお連れのお客さまがいらっしゃいましたら、席をお譲りください」

「いや、昨日は座れなかったんだよ。1時間半立ちっぱは腰がヤバイ……」
「だいじょうぶ、ぜったい座れるよ」
「品川だよ品川、座れるかな？」
「もう着くよ」

ゴトッゴトッゴトッゴトッ……プシュゥー、キキ、キキ、キィ、キ……キ……キ

……

「最初に見たのが、あの顔だったからさ、もうダメだったんだよね、もうムリって感じで、ぜったい入れなかったもん」
「えっ！　閉めたの？」

「閉めたよ、あったりまえじゃん！」

「てゆ〜か、無理でしょ！　前の店長って、なんだったのって感じ。てゆ〜か、やっぱりマジでムリ」

「まぁ、じゃあね〜」

「うん、じゃあね〜」

ピンポーンピンポーン……

＊

「品川に到着です、ご乗車ありがとうございました、お忘れものにはご注意ください」

「東京・上野方面発車です、ホームの内側をお歩きください、お下がりください！」

「1番線、ドアーが閉まります、ご注意ください」

鍵を差し込む前に、ひとつ息をする。

鍵を回す。

カチッ……

家の中で鍵が縦になった音がする。

ドアを引く。

なんか忍び込むみたい……毎度のことだけど……

「ただいまぁ」

我ながら、声ちいさいし……

歌い過ぎて、喉イタイし……

学校アゲアゲ、家サゲサゲだし……

黒ローファーを脱いで、外向きに揃えて、邪魔にならないように隅に寄せる。

家に人が居ても、インターフォン鳴らさないで自分の鍵で家に入るようになったのは、高校入学してからなんだけど、ママはたぶん気づいてないよね。

気づいてて気づかないフリしてるのか、最初からぜんぜん気づいてないのかって、意外とわかるもんなんですよ。まぁ、こっちとしては、気づかれなくてもいいんですけどね。気づいてほしくていろいろやらかす、かまってちゃんじゃありませんからね。こう見えてもモネたんは、やる時は誰にも気づかれずに黙ってやるコだと思う。

そうっとでもなく乱暴でもない感じで、リビングの引き戸を開けながら、大声でもなく小声でもない感じで、言ってみる。

「ただいま」

「お帰りなさい」ママは下を向いてる。

「お帰りぃ」慧（さとし）くんも下を向いてる。

ママは、慧くんの中学受験担当大臣だから、当然ながら塾の宿題をみるという公務を執行中なわけで、公務執行妨害罪に問われるのはマジ勘弁（かんべん）だから、邪魔はいたしません、静かにしております。

「ママ、お姉ちゃんのごはんあっためてくるから、さとくん、次の問題やっててくれる？『太陽系の8つの惑星の名前を、内側の軌道を公転しているものから順に答えなさい』」

ママは、わたしの顔を一度も見ないで台所に行った。

門限15分も過ぎてるのに、お小言（こごと）ひとつないし、時計すら見ないなんて、どうよって感じだよね。

1時間遅れたらどうだったんだろう？

日付変わってもオッケー？

カラオケオールとかもアリなの？

テーブルの上は塾のテキストや参考書で埋め尽くされ、お盆を置けるようなスペースはない。

でも、椅子は家族の人数分あるから、スクバをテーブルの脚にもたせかけて、とりあえず座ってみることにする。

慧くんがちらっと、こっちを見る。

盗み見るのが一瞬だとしたら、二瞬ぐらい？

カラオケでコンタクト取っちゃったから、表情まではわかんないけど、そりゃ早く寝たいわな……小5なのに、こんな時間までワケわかんない問題やらされて……お姉ちゃんは天体とか超苦手だから、太陽系の惑星の名前なんて八つも言えましぇん……地球……月……火星……土星……太陽は入るんだっけ？……あ、太陽は惑星じゃなかったっけ？

お味噌汁の匂いがする。

ピーッ、とレンジの音がする。

おっ、マーボー豆腐の匂いっぽいアルな。

炊飯器の蓋を開ける音がする。

オープンキッチンだから、なんでも聞こえるし、なんでも嗅げる。

でも、見ることはしない。

うっかりママと目が合ったら、気まずいアルからね。

「ちょっとでいいよ。カラオケで食べてきたから」

「なに食べたの？」

「ハニトー」

「ハニトー？」

「ハニートースト」

「あら、ハニートーストなんてお菓子みたいなもんじゃない」

一枚じゃなくて一斤なんだってば、と言おうと思ったけど、言ったところで、ママになにかが伝わるわけじゃないし伝えたいわけでもないし、だいたいママだって、わたしのことなんか興味ないだろうから、い〜わない。

親とは、余計な口ききたくない。

暑い……

顔じゅう汗でねばねばする。

網戸にしてあるけど、風がまったくないから、暑いよね……

この夏は、クーラーなしで乗り切る気ですかね……

ママがお盆を前に置く。

晩ごはんの湯気が立ち上る。

さすがに眼鏡かけんと、なんも見えんわ。

スクバに手を突っ込んで、プーさんのデカ顔ぬいぐるみポーチから眼鏡を取り出す。

眼鏡をかける。

おっとぉ、お茄子さんでしたかぁ、とかフッーに言えるコになれば、もうちょいキャラ立ちするのかなぁ？　ゆかりんみたいなおもしろキャラは無理としても、ゆるふわ天然キャラでリセットしてみます？

「お姉ちゃんの大好物のマーボー豆腐つくろうと思ったんだけど、お豆腐は加工品だから、原材料名・丸大豆・国産としか表示してないのよ。お茄子は高知産、豚挽肉は鹿児島産、生姜は高知産、にんにくは香川産、ピーマンは宮崎産。じゃがいもきんぴらのじゃがいもは北海道産、パセリはアメリカ産、オリーブオイルはイタリア産。お味噌汁の具の高野豆腐は広島産、さやえんどうは鹿児島産、お味噌は熊本産。玄米は島根産で、玄米に振りかけた黒ゴマはミャンマー産。お野菜洗ったり、お米といだり、お味噌汁のお汁に使ったりしてるミネラルウォーターは、島根県で採取したサントリー天然水」

「いただきまぁす」

茄子を箸でつまんで口に入れる。

あ、これ、長寿箸……

「おばあちゃん」って黒く彫ってあるから、いくらママでも気づくでしょうに……

わざと？

ううん、ママは忘れちゃったんだ……

なんでもかんでも忘れちゃうひとだからね……

おばあちゃん……

「あたしには気を遣わなくていいからね」って言いながら1万円も包んでくれて、でもお小遣いとして持ってっていいの3千円までだったから、そんなにいいもの買えなくて、迷った末に長寿箸を選んで、日光のお土産だよって渡したら、すごぉく喜んで「百音の花嫁姿を見るまで長生きしなくちゃね」って言ってくれたおばあちゃん……

修学旅行の半年後……とっても寒い夜……お風呂のお湯に浸かったまま死んじゃったおばあちゃん……

もう、お風呂に入れない、リフォームしてもイヤだってママが言い張るから、この建売の家を買ったんだよね、おばあちゃんの遺産を頭金にして……

おばあちゃん……

背が145センチくらいしかなくって、背中まるまってて、すごいおばあさんぽくて、でもおせち料理が神業だったおばあちゃん……

おじいちゃんが早死にしたから、女手ひとつでパパと、パパの弟二人を育て上げたおばあちゃん……

「自分が生んだ子は全部男だったから、初孫が女の子でよかった」っていつもほんとうにかわいがってくれたおばあちゃん……

手を繋いで眼鏡屋に補聴器をいっしょに買いに行った時、中年の男性店員に「おばあちゃん」って呼ばれて、「あなたのおばあちゃんではありません」って珍しく顔色を変えて怒ってたおばあちゃん……

「柿の実は、上のほうは鳥に、下のほうはお腹をすかせた旅人に残しておくものだから、残し柿、布施柿と言うのよ。裸になるとなんの木だかわからなくなってしまうから、ひとつだけ実を残して、柿の木だとわかるようにしておくというお宅もあるの」

っていうおばあちゃんの話を聞いた時、たぶん人生でいちばん感動したんだと思う。

百音ちゃんって字がきれいって褒められるのも、きちんと正座ができてスゴイねって褒められるのも、お箸の持ち方上手だねって褒められるのも、全部おばあちゃんのおかげだよ。

「百音ちゃん、食事は箸に始まり、箸で終わるのよ。刺し箸、迷い箸、寄せ箸、ほじり箸、かき箸、もぎ箸、なみだ箸、にぎり箸は、恥ずかしいからやってはいけませんよ」

お箸は三手で取り、三手で置く……食べ終わったら、左手をお箸の下に添えて受けて、右手を上に回してお箸を持ち上げて、そうっと左手を離して箸置きに……これが正しいお箸の置き方だよね、おばあちゃん……

「ごちそうさまでした」

カチッ……

内鍵を閉める。

右腕にかかえていた制服をいったんベッドの上に置いて、ピンクのサテンリボンとスパンコールでデコったハンガーにかけてあげる。

今日も1日お疲れさまでした。

しかし、暑いぜ。

窓を開けて、網戸にする。

せっかく汗流したのに、汗だくになっちゃうぜ。

6月でこんなに暑いなんて、今年の夏はどうなっちゃうんですかね？

公園通りのディズニーストアで買ったプーさんのシリアルボウルから充電器を取り出して、プラグをコンセントに差し込む。

携帯電話を卓上ホルダーにセットすると、赤いランプが点灯する。

なんか誰かに見られてると、気後(きおく)れするっていうかアガっちゃうっていうか、ぜんぜん集中できないから、家では基本サイレントにしてる。寝起きン時と、電気消しておやすみモードになった時と、半身浴してる時ぐらいしか、ケータイ見ないんだけど、今日の半身浴は熱くって、頭ンなかが苦しくて、メールチェックもブクマチェックもあんまりできなかった。

外でひとりの時は全指の全神経が指の先っぽから伸びて、このコに繋がって、まさに2コ1になるって感覚があるんだけど……磁石みたいにくっついて離れない時と、もう見るのもヤ！　あっち行って！って時と、すごい波がある気がする。

今日は、特別そういう感じ……

特別……

そういう感じ……

思うんだけど、全部の瞬間を全部覚えてる人っていないでしょ？

見たもの、聴いたもの、感じたこと、考えたことを全部覚えようとしたって、そんなことできっこないし、そんなことしようと心がけるだけで疲れちゃうよね。

だから毎日見っぱなし、聴きっぱなし、感じっぱなし、考えっぱなしで、ダダ洩れみたいに忘れてく。

でも、忘れちゃった瞬間は、どこ行くんだろ？

その瞬間を忘れちゃったことさえ覚えてないってことも、よくあるでしょ？

過去って、穴ぼこだらけだよね……

その落とし穴みたいな、過去の思い出せない瞬間に吸い込まれそうな時ってなくない？

さっき、お風呂から出たら、慧くんが星の名前を暗誦させられてたのね。

青白いのが、リゲル、スピカ……白がシリウス、ベガ、アルタイル、デネブ……

髪と体をバスタオルで拭いて、手と脚にボディーローション塗って、髪をドライヤーで乾かすあいだずっと……ずうっと……

黄色がカペラ、太陽……オレンジがアルデバラン、アルクトゥルス……赤がベテルギウス、アンタレス……

あれ言わされてる時の、慧くんの意識って、いったいどこに在るんだろうか？

ここに無いことだけは確かだよね。

宇宙？

太陽系？

ベガとかアンタレスとかっていう何光年も離れた星の上？

それって、おおげさかもしれないけど、人生の一部が消えちゃう、失われるってことじゃなくない？

人生が穴ぼこだらけ、隙間だらけになっちゃうってことじゃなくない？

慧くんって、ついこないだまで子どもだったんだよね。いまも子どもは子どもなんだけど、何年か前までほんとの子どもで、レゴでもプラレールでも夢中になったと思ったら、すぐ別のオモチャに目移りしちゃうようなコだったたんですよ。慧くんは覚えてないだろうけど、慧くんが幼稚園の年長さんだった時には既に小5だったから、よく覚えてる。飽きっぽい反面、好奇心旺盛っていうか、些細なことにも目を見張ったり飛び上がったりするビックリ屋さんだったたんだけど、最近はほとんど口きかないし、表情の変化も乏しいよね……

大きくなるって、いいことなのかな？

大きくなったら、なんかいいことあるのかな？

いいことって、なんなんだろうね……

グレープフルーツのオードトワレを胸のあたりにワンプッシュする。

ベッドの上に胡坐をかいて、細長い鏡に全身を映してみる。

このピンクのオールインワンは、ピーチ・ジョンのなんだお。ベビー服みたいなふわモコの手触りと、肩のリボンと、胸の三つのボタンがマカロンそっくりなのと、おしりのポッケがハート型なのが気に入って即買いしたんだお。

鏡の国のモネたん……

そんなキャラじゃないか。

モネたん、見た目と内面、キャラぶれしてないかい？

――蛾だ。

網戸にパタパタしてる。

白、茶色、クリーム色……

教室に蛾なんか飛び込んでこようものなら、そりゃもうみんな大騒ぎで、先生に「座りなさい！　席に戻りなさい！」って注意されても、キャーキャー廊下に飛び出して、蛾が窓の外に出るまでみんな席に戻らないんだろうけど、モネたんは昔っから蛾はそんなに嫌いじゃありませんことよ。

こないだ、自販機で午後ティーレモン買おうとしたら、人差指と親指を広げたくらいの葉っぱが貼り付いてて、なにげに顔を近づけたら、蛾だったんですね。でも、モネたんはキャーともギャーとも言わないで至近距離でじっくり観察しちゃいましたことよ。実際、蛾のモコモコふかふかっぽい胴体とかってぬいぐるみっぽいし、目玉なんて真っ黒で真ん丸くって、かなり萌キャラだよね？　顔なんかは、チョウチョのほうが断然ハエっぽくてキモいっしょ。

網戸の蛾……でかいコが一ぴきでゆるゆる網戸クライミングしてる姿は萌えると言ってもいいんだけど、ちっさいコたちがわらわら体当たりしてる姿は、ヘンに感情移入しちゃって正直つかれます、ごめんなさい。

窓しめまぁす！

カーテン引きまぁす！

クーラーつけまぁす！

送風にしまぁす！

かなりおネムではあるんだけど、ケータイ充電待ちのあいだ、ネイルでもやりますかね。

明日、6月18日は土曜日。

明後日、6月19日は日曜日。

日曜日は、ひとと会うことになると思う、たぶん……たぶんって、何パーセントぐらいの確率なんだろう？　60パーセント？　70パーセント？　85パーセントくらい？

なに色にしようかな……

ピンク……黒……

まず、やすりで爪の形を整えます。

甘皮をウッドスティックで押し上げます。

ベースコートを塗ります。

濃いめのマッドピンクをベースカラーにして乾くの待ちます。

ネイルとかメイクしてる時間って、なんにも考えなくて済むから嫌いじゃない。

手が勝手に動いてくれる感じ。

乾いたかな？

乾いたっぽいな。

では、アクリル絵の具の黒をちょっとずつ筆に取って、ピンクの爪に黒いドットを描いていきます。

トップコートを塗ります。

おっ、完成じゃない？

爪が完全に乾くまでのあいだ、頭をゆっくり倒すストレッチでもやりますかね。

右ぃ……左ぃ……部屋デコは、クマたんひと筋なんだお……右ぃ……左ぃ……ドアはテディーベア柄の布を一面に貼ってクマ顔の画鋲（がびょう）で留めてあるしぃ……前ぇ……後ろぉ……カーテンレールの上には3年かけて集めまくったプーさん整列させてるしぃ……前ぇ……後ろぉ……ケアベアの黄緑クッションに鎮座（ちんざ）ましますブーフのぬいぐるみは帽子担当大臣でぇ……お出かけ用の黒リボンのカンカン帽をかぶってもらってる……前ぇ……後ろぉ……帽子が型崩れしにくいしぃ、取りやすいしぃ、かわいいしぃ……右からゆっくり回してぇ……リラッククマはネックレスとカチューシャ担当大臣……左からゆっくり回してぇ……等身大ぬいぐるみのダッフィー一世とシェリーメイ王妃……今度は逆回しぃ……ブーフ、ウーフ、ケアベア……クマたん全員が横になったらベッドがいっぱいになっちゃうから……はいラスト右回しぃ……おっきいクマたんにちっさいコたちをオンブしてもらって、モネたんの眠るスペースを辛うじて確保してもらってる……

頭ストレッチ終了。

ネイルも乾きましたとさ。

鏡に向かって、黒い水玉模様のピンク色の爪をかざしてみる。

あぁ、家出たい。

あの高校卒業したって、どうせマトモな就職なんてできっこない。

だったら3年間ムダじゃない？

お金もムダだし、時間もムダ。

ママに学校やめて働くって言ったら、高校中退したら結婚とかの経歴で不利になるとかマジで言われそうなんだけど、結婚はしないと思う。カレシほしいとか、結婚したいとか、子どもほしいとか一度も思ったことないし、それは今後どんなキャラになっても変わらないと思う。

家出る時は、なんも持ってかない。

クマたんたちも連れてかない。

クマたん共和国から永久追放。

一人暮らししたら、部屋をデコったりしない。

なぁんもない空っぽの部屋で暮らす。

テレビとか電子レンジとか食器とかも要らない。

ベッドと枕とお布団だけあればいいや。

最低限の着替えと、歩きやすい靴と……

息をひとつする。

携帯電話の卓上ホルダーを横目で見る。

赤ランプが消えている。

充電完了。

見る。

見られる。

目を逸らす。

タバコ吸いたい。

でも、クマたんたちがタバコ臭くなるのは、イヤだ。

窓あけて、上半身外に出せば？

お隣の小西さんちの窓が近いからリスク高いよ。

お隣のカーテン閉まってればバレなくない？

蛾がさ、入ってくるよ、窓あけたら何匹も。さすがに蛾がクマたんたちの顔とかにくっつくのはヤじゃない？

現行法通り、家と学校では禁煙厳守で行きませう。
見る――。
今度は、目を逸らさない。
両手を伸ばし、携帯電話を充電器からはずす。
ＢｏｏＫｍａｒｋ68件のトップに上がってくる「ビギナーズレシピ」を開く。

193：**スレ主**：06/17 13:10:11
スレ主です
アド晒したので、プロバイダーが割れて警察来る可能性あり。猶予は
2日
決行日は6月19日神奈川です
blackangels@yaboo.co.jp

194：**優しい名無しさん**：06/17 13:13:20
>>193
アド晒したって言ったってフリーメールじゃん　説得力ねーよ

シヌシヌ詐欺じゃね？
スレ主ネナベくさくね？
死ぬ前に一回やらせろ　どうせ死ぬんだからいいだろ

195：**ゴーゴーゴー**：06/17 13:18:35
>>193
ここってガチなん？はやくスレストしとけよ

196：**優しい名無しさん**：06/17 13:20:20
去年は２００人くらい保護されたんだよね、カキコミから通報したお
節介さん達のおかげで

197：**淀川心中**：06/17 13:23:20
>>193
エバミール、アモバンだったら４人分用意できるが、今夜一晩考えて
メールする

198：優しい名無しさん：06/17 14:42:28
淀川心中さんて心中相手募集板にも居た方ですよね？
やっぱりみんな釣りで、レイプ目的なのかな？？？
ここには本気の方はいないんですね
初めての書き込みだったので凄く悲しいというか
残念な気持ちでいっぱいです

199：優しい名無しさん：06/17 14:49:32
京都です。死にたい人死にませんか？

200：家畜2号：06/17 16:13:02
>>194
禿同！
死にたい！
くたくた！
しんどい！
でも、やりたい！

女抱いてから死にたい！

201：優しい名無しさん：06/17 17:31:44

部活で悩んでいます。

顧問から一言「お前は、チームの一員じゃない」ショックでした。聞きたくなかった。言い返せなかった。

顧問が言いたかったのは、部活よりも、生活態度をしっかりしなさいという意味だったんですが、私はやっています。

物置を一人で片付けたり雑巾がけをしたり、いっぱい陰で働いた。やっている人に気づかないで、みんなの前で平気でひどいことを言った顧問を憎みます。

クラスに同じ部活の子もいる。だけど、手伝ってくれない。顧問のお気に入りだから生活態度なんてどうでもいいんだろうね。

悔しい。

苦しい。

憎い。

202：優しい名無しさん：06/17 18:00:12
>>194 >>200
私で良ければ。
確実にいっしょに逝ってくれるなら、セックスありでも構いません。
静岡在住の20代ＯＬです。
恋愛、人間関係に疲れてしまいました。
関東なら、どこでも車で行けます。
bookandmusic@qmail.com

203：優しい名無しさん：06/17 18:37:59
>>201
スレタイ読めボケ話したい厨うぜー
みんな自分がつらいのにてめーの話なんか聞かねーよ死ね

204：家畜2号：06/17 20:51:36
>>202
抱かせてくれるの？

こんなこと聞くのもなんだけど、どうして？

205：**優しい名無しさん**：06/17 21:10:31
>>204
一人で死にたくないから・・・一緒に逝きたいから・・・

206：**優しい名無しさん**：06/17 21:54:54
いっしょに逝きたいです＝全部お膳立てしろなヤツばっかだからな

207：**優しい名無しさん**：06/17 21:56:02
秋田です。
硫化は迷惑かけそうだけど、他の方法知らないので。
硫化でご一緒しませんか？
a12597775@neqwk.com

208：**優しい名無しさん**：06/17 22:17:08
自分の命を捨てるかどうかの一大事

こんな糞掲示板で探すのは馬鹿っぽいよ
ググればもうちょいマシなのあるよ
あとここでメアド晒すと、エロメール大量に来るよ

209：**優しい名無しさん**：06/17 22:39:28
なんでそうまでして集団自殺したい？
無意識下で実は同じ気持ちの人と出会いたいだけというなら、出会い系に行った方がいいよ。

210：**気分屋**：06/17 23:08:12
>>209
俺は独りで逝こうとして失敗した。今度は失敗しないで逝こうと思っているが、恐怖感はある。誘う気持ちは、よくわかる。

211：**優しい名無しさん**：06/17 23:32:57
>>194 >>200 >>202
皆で共同生活していける場所を探そう

212：優しい名無しさん：06/17 23:54:12
>>211
セックスカルト教団勧誘注意報が発令されました

213：優しい名無しさん：06/17 23:54:30
>>209
一人で外食するのが嫌な人がいるように
一人で死ぬのが嫌な人もいる
一人でファストフード店や牛丼屋に入って平気でカウンターに座って
食べれる人には
集団で死にたい人の気持ちはわからないさ
集団ならお互い背中を押し合って死ねるって人もいるのさ

214：優しい名無しさん：06/18 00:07:42
>>213
背中押し合って殺し合うんだぜ

自分の背中押してもらえるのは大歓迎だけど
他人の背中押すのは嫌だ
他人の命は重すぎる

215：優しい名無しさん：06/18 00:10:51
いったん締めたんですが、１人抜けて３人になってしまったので、再募集します。
今週末、樹海で自殺しませんか？
河口湖駅集合にしようと思っています。
興味ある方は
kawaguchiko_jukai@yaboo.co.jp まで

216：優しい名無しさん：06/18 00:12:19
k-taropoo@botmail.com
京都必死です。

階段を上がってくる音がする。

慧くんだ。

もう日付変わってますよぉ。

毎日こんな時間まで勉強して志望校に落ちたら、ママと慧くんってどうなっちゃうんだろう？

パパは、まだっぽい。

残業ですかね？　金曜だから飲み会かもね。

もうすぐ山手線終電だけど、間に合いますかね？

終電逃してタクシー使うと、またママと喧嘩になりますよ。

喧嘩になったら、聞かないようにすることしかできない。

でも聞こえる。

いくらでも聞こえてくる。

この家では、聞くことしかできない立場だから、我慢するしかない。

パパにもママにも、言いたいことを言ったことはない。

言いたいことを言いたいとも思わない。

これからも言わない。

こういう状態って順応っていうのかな？

良くいえば適応で、悪くいえば麻痺？

悲しみの予防接種？

苦しみのリハーサル？

ママとパパが罵り合う汚い言葉を聞いても、むかしほどショックを受けなくなった。

むかしは、ダッフィー一世に窒息しそうなほど顔おしつけて、声を殺して泣いてたもん。

このダッフィー一世が、クマたん王国の国王なのでア〜ル。初めておばあちゃんとディズニーシーに行った小5の時、ショップに入った途端に目が合った運命の出逢いなのでア〜ル。モネたんの小さいころのお洋服を着せてあげているのでア〜ル。

枕の横で、毎晩モネたんの寝顔を見守ってくれているのは、シェリーメイ王妃なのでア〜ル。全身チェリーピンクで耳のあいだにグレーのデカリボンをつけてるおしゃれさんなのでア〜ル。シェリーメイ王妃は眼鏡担当大臣でもあるから、寝てるあいだ、モネたんの眼鏡をかけててくれるのでア〜ル。朝一番にオハヨウを言ってくれるのも、このコなのでア〜ル。

ダッフィー一世のお腹を枕にして目をつむると、お腹が上下して生きてるみたいに感じられるから、ふし、ぎ……

ママ、お風呂はいった。

ザーッザーッとお湯を流す音が聞こえる。
裸のママ……
なんか怖い……
怖くない？

217：優しい名無しさん：06/18 00:22:55
初めまして、書き込み失礼致します。
横浜在住、37歳男性です。
安楽死・尊厳死を思想とする者です。
同じ価値観の心中相手を探しています。
年齢性別場所を教えてください。
qwertyuio@yaboo.co.jp

218：要注意の晒しさん：06/18 00:24:14
>>217
レイプ目的乙です

219：優しい名無しさん：06/18 00:29:27
>>217
このおっさんレイプ魔　要注意
やたらプロフィールばかり聞いて来るし
日本語おかしい
脳みその回路がエロにしか繋がってないんだろ
アホくさー

220：優しい名無しさん：06/18 00:33:09
風俗で働いて必死にお金貯めました
気づいたらお金以外、何も無くなってしまった

221：優しい名無しさん：06/18 00:38:21
私も風俗嬢なので、合流しませんか？

222：優しい名無しさん：06/18 00:44:40

京都、ダイブ考えています。
いっしょに飛ぼう。
k-taropoo@botmail.com

223：**優しい名無しさん**：06/18 00:45:40
>>220 >>221
やらせろ
犯してやるよ

224：**優しい名無しさん**：06/18 00:52:38
>>222
直前まで電話で話して、同時に飛びませんか？

225：**優しい名無しさん**：06/18 01:00:18
千葉県10代です。
一緒に消えてくれる人を探してます

226：優しい名無しさん：06/18 01:03:59
徳島はいないでしょうね、さすがに
持ち物はお互い出し合うって感じで、どうですか？

227：優しい名無しさん：06/18 01:10:11
道央です
メールのやりとりしても
音信不通とかそんなんばっかで疲れた

228：優しい名無しさん：06/18 01:27:44
>>227
本気の人もいるから
諦めないで根気強く探してもらいたい。
がんばってください。
応援しています。

229：優しい名無しさん：06/18 01:29:01

>>226
はーい
徳島住んでますよー
死ぬつもりはありませんけどねー

230：優しい名無しさん：06/18 01:31:59
>>229
徳島移住を考えてます
徳島、景気どうですか？

231：優しい名無しさん：06/18 01:35:40
>>230
ちゃんと正社員の雇用もあるし
景気悪いって印象はありませんよ

232：優しい名無しさん：06/18 01:37:30
秋田いませんか？

車、免許なし
眠剤、硫化水素、ロープ、ブランデーは購入済です

233：**優しい名無しさん**：06/18 01:44:00
>>232
岩手です
車持ちです
ご一緒させてください
mnate1184@botmail.com

234：**優しい名無しさん**：06/18 01:45:32
なんでこの国は銃が手軽に買えないんだよ

235：**優しい名無しさん**：06/18 01:50:22
もう疲れちゃったよ
一人で逝くね
さようなら

236：優しい名無しさん：06/18 01:57:18
>>235
待って。あなたと一緒に逝きたい。会いたい。

237：優しい名無しさん：06/18 01:59:17
スレチガイかもしれませんが、毎日死にたいと思って生きています。
味方がいないので本当につらいです。
死にたい気持ちと死にたくない気持ちがせめぎ合っています。
気持ちが通じる人とメールしたいです。
kohei_m765c@yaboo.co.jp
26、男です。

238：優しい名無しさん：06/18 02:10:29
積み上げてきたものが
いっきに崩れた
いままでの苦労はなんだったのか

あいつのせいだ
俺の人生ぶち壊しやがって
もう死ぬしかない
死ぬ前に
あいつ殺してから
死ぬ

239：優しい名無しさん：06/18 02:11:11
樹海行くの面倒だから湾岸で死ぬ

240：優しい名無しさん：06/18 02:15:36
東京21歳女子　今月中希望！
この世にサヨナラする仲間急募！
fromatozxxxx@qmail.com

241：優しい名無しさん：06/18 02:16:40
自殺を考える者同士

心の支えにはなれると思うよ

242：優しい名無しさん：06/18 02:18:30
>>241
気休め。
気休めなんてウンザリだから
自殺を考えるんだろうがバカ死ね失せろ

243：優しい名無しさん：06/18 02:30:18
大阪の自殺脳の男です。

15歳で自殺未遂をし、死んだつもりで生きてみようと10年生きてみましたが、やはりダメでした。

睡眠薬＋練炭で関西決行予定の人、お誘いください。

09012345678aoiro@botmail.com

244：優しい名無しさん：06/18 02:30:21
三重県で募集はかけてないのですか？

245：優しい名無しさん：06/18 02:37:36
今すぐ死にたい
都内で誰かいませんか？

あ、パパ帰ってきた。

うぇ、午前2時40分ですぜ……

いますぐドンパチ始まるのかな？

それとも、先にパパをお風呂に入れて、寝室で迎え撃つのかな？

後回し（あとまわ）にされるほうがヤじゃない？　1日中、電車とか地下鉄とか乗り継いで営業先に頭下げて、会社に戻ったら報告書とか営業資料とやらをつくるために残業して、接待とかで飲み行って、ぐでんぐでんになってタクシーで帰宅したら、不機嫌な妻が待ってるなんてサイアクじゃない？

だいたい、パパはママのどこを好きになって、結婚したのかね？　社内恋愛だよね？　社内の他の女の人よりはマシだったたってことかな？　顔が？　性格が？　たまたま机が前だったとか隣だったとか、そういう感じなのかね？

でも、あんな仲悪いのに、あんな狭い部屋で、ダブルベッドでいっしょに寝てるなんて、マジホラー入ってるよね。

おっと、リビングの引き戸が開きました。

引き戸を閉める最後ンとこの音で、ママの不機嫌度数はかれるんだよね。普段は極力音を立てないように閉めるから、音を立てるということ自体、ひとつの感情表現なんだよね。バシッ！と跳ね返ってまた開いちゃうぐらい派手に怒りを叩きつける時もあれば、乱暴には閉めるけど手は最後まで離しません的にギシィィと鬱憤を込める時もある。

いまのは、バンッと乾いた音でした。

翻訳すると「もういいわよ、勝手にすれば」的な、ちょっと投げやりな感じ？

違う？

慧くんは、どう聞いてるのかな？

さすがにもう寝たか……

まだ10歳だもんね……

ママが階段あがってきた。

電気消すよぉ。

ドアの下から光が洩れてると、起きてるってバレちゃうからね。

別にバレてもいいんだけど、起きてるって思われること自体、鬱陶しい。

シェリーメイ王妃に眼鏡かけて、ダッフィー一世といっしょに布団かぶる。

消灯どすえ。

スイッチを切る。

真っ暗……

あぁ、あの「真っ暗」ってコテハンの茨城県在住の19歳女子、マジでガチな感じだったけど、相手見つかったのかな？

まだ生きてるのかな？

一人で死んじゃったのかな？

どうやって死んだのかな？

自殺方法で多いのって、首つり、練炭、飛び降り、入水、ガス……あんなに頻繁に人身事故があるのに、鉄道自殺は6位で少数派なんだよね。

年間自殺者数3万1690人、16分に1人――、って公民の柴田先生が黒板に書いてたけど、この手のサゲサゲ話は、友だち同士で話題にすることはできない。人身事故で山手線が止まったりダイヤ乱れたりして遅刻しちゃった時は、朝から突然のサゲサゲ～、通勤通学ラッシュの時間に飛び込むのはマジ勘弁してほしいわ、ぐらいは言うかもしれないけど、イツメンのNGワード・トップ5に入るんじゃないかな。

自殺……

死……

でも、日本という国が海で囲まれてるみたいに、どっちに歩いても、どっちみち死で行き止まりになるんだよね。海を見たくなかったら、森の奥に隠れて暮らすとか木陰で踊るとか歌うとかしてればいいのかもしれないけど、見えないだけで波はひたひたと確実に押し寄せてくるわけで、いつの間にか潮が満ちて、はっと気づいたら腰まで海に浸かってたりする……そうなったら、誰か助けて！と叫びまくるか、諦めて溺れるか……

海を、見てみたい。

海を見たい。

携帯電話を顔に近付ける。

顔の周りだけ明るくなる。

半身浴しながら、フラグ立てたメールは3件。明日レスしたらアド変しなきゃ。

淀川心中……並木レイコ……真っ暗……ゴーゴーゴーゴー……家畜2号……気分屋……匿名だってことは同じなのに、優しい名無しさんよりは一見信用できそうな気がするから、名前の威力ってスゴイよね。

百音って名前は、おばあちゃんが付けてくれたの。

百には、もろもろ、あらゆる、全て(すべ)って意味がある。
あらゆる音を聴きなさいって意味？
おばあちゃん？
聴く……
見る……
聴きたくない……
見たい……
ダメだ、超絶眠い……
「ビギナーズレシピ」だけ消しとこ……
BooKmarkを1件削除しますか？
はい。
削除しました。
もう二度と覗かない。
二度と書き込まない。
誓いますか？
誓います……

＊

テーブルの上にメモが置いてある。

パパがタバコを吸ってる、ということは、ママが居ないってことだね。

「おはよう」

テレビを見てるパパの後頭部に声をかける。

「おはよう」

慧の志望校の説明会に行ってきます。
夕食は作ります。
慧は塾のマンスリー確認テストです。
百音とお父さんの昼食は冷蔵庫に入れてあるので
電子レンジで温めて食べて下さい。

「朝、なんか食べた？」

「いや、パパもさっき起きたとこだ」

声がえがらっぽい、ってよくおばあちゃんが言ってたけど、まさにそんな感じの声だね。お酒飲み過ぎ、タバコ吸い過ぎですよ。

「お昼ごはん作り置きしてくれてるみたいなんだけど、食べる？」

「食べるか」

「あ、雨ふきこんでる！　ダメじゃん！　雨ふってる時に網戸にしちゃダメだよ」

「小雨だから」

「小雨じゃないよ、本降りじゃん、ほら！」

と言っても、パパは窓を見ようとしないし——。

窓を閉める。

でも、窓閉めると暑いのか……タバコのけむりもうもうになっちゃうのか……とりあえず一本吸い終わるまで開けといて、もう吸わなそうな雰囲気だったら窓閉めてクーラーつけるとしましょうか。

昨日お風呂はいる時、漂白剤に浸けといた制服の半袖ブラウスがハンガーに干してある。ママに感謝。ママって主婦業のエキスパートではあるんだよね。機嫌悪くても具合悪くても炊事洗濯の類は完璧にこなすもんね。結婚の決め手ってソコか？　お料理上手の家庭的な女性ってポイント高そうだもんね。でもソレって、好きとか愛してるとかそういう掛替えのない気持ちではないよね？　役に立つとか使えるとか助かるとか重宝とかそういうレベルの話で、ソレってお金持ちだったら、家政婦さん雇えば済む話だよね？　まぁ、我が家の家計は慢性的に逼迫してますけどね……それなのに、モネたんたら、私立の女子校なんて入っちゃって……

あぁ、タバコ吸いたい。

一本ちょうだい、って言ったら、パパ、どんな反応するかな？　でも、ラッキーストライクは、たぶんむせるな。モネたんは1㎎のメンソールしか吸えないオコチャマなんですわ。

パパはマイセン歴長かったんだけど、カートンで買い占める輩のせいでコンビニでもキオスクでもＪＴのは売り切れで、タバコ探し歩くのは惨めだからってラッキーストライクに変えたんだとさ。

冷蔵庫を開ける。

ひと皿３分ずつでしょうかね。

パパとママ、喧嘩しなかったみたい……隣の部屋からなんにも聞こえてこなかった……さては、喧嘩というコミュニケーションも成立しないほど冷え切りましたか？　なにがサイアクって、喧嘩が盛り上がった時にママが連発する台詞だよね。

「限界はもう少し先だって自分を誤魔化してきたけど、実は10年前から目の前にあるのよ。この10年間、毎日毎日限界だっていう無間地獄が、あなたにわかる？」

「離婚しないのは、子どもがいるからよ！」

「百音と慧のために我慢に我慢を重ねてるんだから、その上に胡坐かくような真似だけはしないでちょうだい！」

よくある言い古された台詞なんだろうけど、あの台詞がママの口から発射されるたびに心臓を直撃される。

生まれてきたことを後悔する。

生きていることを屈辱に思う。

自分の存在がぺしゃんこになる。

子どもなんて生まなければよかったのに……

パパは、子どもがほしくて結婚したって言ってたけど、ママとの子どもがほしかったわけじゃないでしょ？

ただ子どもがほしかっただけ……

ただ身を固めたかっただけ……

ただ落ち着きたかっただけ……

安定と安心は別物だよ。

安定から危険が芽生えることもあるし、危険な安定だって、ある。

結婚は愛の墓場だって言葉があるけど、ママとパパ見てると、ほんとにそう思うわ。

生きてた時なんてあったんですか？って生前の姿を想像できないほど、二人の愛は死に切ってますね。

死んだものはお墓に葬（ほうむ）るしかないでしょう。

もし、まだ息をしてたとしても、致命傷（ちめいしょう）を負って助からないなら、とどめを刺してあげるのが、優しさってモンじゃない？

ピーッ！

ラップはずしま〜す。

おぉ、ママお得意の炒めそうめん！

豚肉とニラとニンジンとモヤシがたっぷり入ってて、あっさりしてて、すごいおいしいんだよ。

お茶いれますかね。

ランチョンマットを敷いて、箸置きを並べて、お箸を揃えて……向かい合うとテレビの邪魔になるし、二人しかいないのに並んで食べるのは気まずいから、直角に座るしかありませんね、ちょっとばかり幅が狭いけど……

「いただきます」

「いただきます」

パパは、グレーのジャージの上下を着てる。

去年の45歳のお誕生日にモネたんがプレゼントしたジャージ。左胸のクマたん刺繍のアップリケは、ネットでかわいいクマたん探して、アイロンでくっつけたんだけど、わざわざ言わなかったから、パパは１００パーセント気づいてないね。きっと元々ついてたものだと思ってる。でも言わないの、自己満足自己満足。

防衛省は17日、福島第一原発の事故直後に敷地内で作業をしていた自衛隊員12人の被曝線量を、その後2カ月以上把握できていなかったと発表しました。問題となっているのは、事故直後の3月12日と13日に、原子炉の冷却作業などに当たった陸上自衛隊員20人のうちの12人で、そのうち1人の放射線被曝量は、緊急時の被曝限度に近い80ミリシーベルト近くに達していたとのことです。

「高校、どう？」

「別にフツー」

「友だちは？」

「フツーにいるよ」

パパって、おばあちゃんの息子って感じぜんぜんしないんだけど、お箸の使い方だけは、さすがおばあちゃん仕込みって感じだよね。

「それ流行ってるのか？」

「なにが」

「それ、爪、水玉」

箸を置き、握り拳を並べて爪を軽く隠す。

「あぁ、ネイルだよ。土日休みだから、昨日の夜、自分で塗ったの」

と、ゆっくり拳を開いてみる。

「器用だな」

と言ったパパの口の右端にニラの切れ端が付いてるけど、教えてあげない。


東京電力は17日の夜、福島第一原発の発電所内にたまった高濃度の放射能汚染水の浄化システムを、予定より2日遅れて本格稼働させたと発表しました。


「あぁ、あれ流行ってるだろ、あれ」

「なに？」

「くま」

「くま？」

「百音、くま集めてるだろ」

「あぁ……」

「あの、小学生ンときから抱いて寝てる大きいくま、なんて名前だっけ？」

「え？　名前？」

「あの、ディズニーランドでおばあちゃんに買ってもらったくまだよ」

「あぁ、ダッフィー？」

「いや違うな、あ、ズースーウーか？」

「スージー・ズー」

「それ！　スージーズーだ。流行ってるだろ？　駅で見かける女子学生たちがみんな、あのくまのマスコット、カバンにぶら下げてるから、こりゃブーム到来だな、と」

「そうだね……ごちそうさま」

「ごちそうさまでした」

続いて被災地の天気をお伝えします。今日の東北地方は、前線の影響で太平洋側・日本海側ともに曇りの所が多く、福島県沿岸部では、一時、雨となるでしょう。宮城県の仙台では最高気温22度、最低気温14度。福島県浜通りの最高気温は20度、最低気温は17度の予報です。震災以降続いておりました、被災地高速道路の通行料休日１０００円も、明日までとなります。お出かけの際はご注意ください。

「おぉ、パパ、来月お得意さんの納涼会で部下とＡＫＢ48のカチューシャなんちゃらやることになって、週1で集まって歌振り特訓するんだぞ」

「エビカチュ？　アレけっこうハードだよ」

「パパはピンクレディー世代だからな、ハードな歌振りは意外とだいじょうぶだったりするのだよ」

「ヤダ、見たくな〜い」

実はモネたんの最古の記憶って、階段から下りてきたパパの膝に、ぎゅっと抱き付くシーンなんだよね。パパの膝がちょうど頬っぺたに当たるくらいの身長ってことは、たぶん1歳とか2歳の時……

家族って、顔や姿を見ると、頭ンなかで記憶が動き回るから厄介だよね。

パパと二人で緑茶すすりながら黙ってＣＭ見てるって、かなり違和感っていうかシュールな感じがする。

アゲアゲなサゲサゲ特価の電化製品のＣＭ……かつてアゲアゲだったサゲサゲ芸人の胃腸薬のＣＭ……いまはアゲアゲだけどいつか必ずサゲサゲになる子役タレントのお菓子のＣＭ……なんで、こんなＣＭ、真剣な顔で見てなきゃならないんだろう？

「ちょっと図書館行ってくる」

起立！　お皿を流しに下げます。

「雨ふってるよ」

「知ってる」

5センチだけ開けてあった窓を閉めて、革リュックを背負います。

「行ってきまぁす」

「お、そうだ……百音も高校生になったんだから友だち付き合いとか大変だろう？」

「え？」

「お小遣い、いくらだっけ？」

「5千円だけど……」

「足りないだろ」

「そりゃ、まぁ……」

パパはズボンのポケットから1万円札を取り出した。

「ナンバーズ4のボックスで百音の誕生日書いたら当たったから、配当金だ」

「いくら当たったの？」

「5万2千円。ママにはナイショな」

「言うわけないじゃん」

ポケットに入れてあったってことは、渡すタイミングを窺（うかが）ってたわけだね。

「ありがと」

1万円札を受け取って、ブーフのふわふわコインパースのハート型チャームを引っ張ってファスナーを開ける。これでイツメンで買うビキニ代はまかなえる――。

「お、これが噂のスーズーウー！」

「スージー・ズー！　このコ、ブーフって言うの。主人公はアヒルのウィッツィーで、ブーフは、ウィッツィーのママに古着でつくられたテディー・ベアなんだよ」

という声が妙に幼く響いた気がして、慌てて話題を変える。

「あ、ひとつ訊きたいことがあるんだけど、あの品川駅に流れてるメロディーって、なんの歌だか知ってる？」

「ん？」

「駅のホームに流れてる、発メロって言うの？　東海道線のホームにしか流れてないみたいなんだけど、なんか聞いたことある気がするんだよね、古い歌だと思うんだけど……」

ソォソソォラシィシシィラソォソソォミレェ――、頭の中でメロディーが流れてるけど、歌ってあげない。

中学生のモネたんだったら、フツーに歌ってあげたんだろうね。聖歌隊アガリだか聖歌隊サガリだかのソプラノボイスで、ソォソソォラシィシシィラソォソソォミレェ……むかしはむかし、いまはいま、いまはむかし……

＊

桂坂(かつらざか)は、真っ直ぐで長い急坂だから、地元では苦しみ坂とも呼ばれている。坂の途中に名前の謂(いわ)れを書いた木の標識があって、「むかし蔦葛(つたかずら)がはびこっていた。かつらをかぶった僧が品川からの帰途急死したからともいう」と書いてあるんだけど、お坊さん、なんの帰りかっていうと、遊郭(ゆうかく)なんだって、さ。きっと、お寺にも門限があって、うっかり遊び過ぎちゃって、ヤバイ遅れるって慌てて坂道を駆け上がって心臓発作とかで倒れちゃったんだろうね。てことは、けっこう年配だったりするわけでしょ？　かつら付けたまま坂の途中で絶命してたのを近所の人に発見されて、これってあの和尚(おしょう)さんじゃなくね？的な流れで、そのお寺はその後どうなったんでしょうかね？

品川には、ＡＫＲ47のお墓がある泉岳寺(せんがくじ)の他にも、たくあんを考案した沢庵(たくあん)和尚の東海寺(とうかいじ)とか有名どころがたくさんあるんだけど、桂坂で死んだ和尚はどのお寺だったんだろう？　図書館の郷土史コーナーとか行けばわかるのかもしれないけど、そこまでの好奇心はないし、高校入ってから図書館になんて行ってないし、たぶんもう行かないと思う。

桂坂は、キリシタン殉教の碑がある高輪教会とか、明治から昭和にかけて建てられたモダンな洋館とかが並ぶ高級住宅街なんだけど、我が家がある一画は、桂坂からすとんと落ちた窪地で、高輪にこんな所あるんですか？ってびっくりされるくらい庶民的っていうか下町っぽい雰囲気なんですよ。

木造アパートと建売住宅が密集した中にあるくねくね道を下っていくと、自転車一台やっと通れるくらいの坂道に繋がる——、学校ある日は、階段を上がって桂坂に出るコースを選ぶのに、休みの日は、どうしてだかこっちの路地コースを選んでしまう。

この坂は洞坂って名前なんだけど、お化け坂とも呼ばれてて、道の両側は墓地だし、塀から卒塔婆が突き出てるし、墓地の木々が覆いかぶさって昼間でもトンネルみたいに薄暗いし、塀の角にお地蔵さんがいらっしゃるし——。

見ちゃいけない、見ないほうがいいと思って通り過ぎるのに、くるっと振り返って見ちゃうんだよね、コレが。真ん中に大きいのが二体、その両脇に小さいのが二体、春夏は木綿、秋冬は毛糸で編んだ赤い帽子と赤いよだれかけをしてて、いつも新しいお花が供えてあるんだよ。

お地蔵さんたちが、両親と子ども二人に見えちゃうのは、わたしだけ？

うちと同じ家族構成……

なんか痛ましい事件とかあったりしました？

痛ましいって、どれ系だろう？

火事……一家心中……殺人……

坂の途中の、どこかの家で……

この辺りって寺町でもあるけど、坂の町でもあるんだよね。お寺の数と坂道の数、どっちが多いんだろう？　伊皿子坂、天神坂、葭見坂、魚籃坂、幽霊坂、聖坂、潮見坂、安全寺坂、蛇坂……

むかしはどの坂の上からも海が見えたらしい。

むかしって、うんとむかし、江戸時代のことだけどね。

3ヶ月前の中学校時代もむかし……

144年前の江戸時代もむかし……

むかし、市原百音という中学生が、土日のたびに図書館通いをして、本を読んだり勉強したりしてましたとさ……

むかし、品川駅あたりでたくさんの人が潮干狩りをしてましたとさ……

むかし、国道15号線、第一京浜の向こうは海でしたとさ……

この道歩いてると、海だったころの波とか潮風の気配が伝わってくる気がする。

線路沿いだっていうのも、いい感じ……

線路沿いの道を歩いてると、家から離れていけそうな気がする。

ソォソォラシィシィラソォソォミレェ……

駅の改札口を通ると、見ず知らずの他人に紛れられそうな気がする。

ソォソォラシィシィラソォソォミレェ　ミィミレェミソォソシィシラァラソォラシィ……

「ご乗車ありがとうございました、品川、品川に到着です、お忘れものないよう、ご注意ください」

少女は7、8番線の階段を下りていった。

回送列車や貨物列車や修学旅行などの臨時列車以外は通らない臨時ホーム——。

黄色い線の真上に立って、雨を見る。

レールに、敷石（しきいし）に、枕木（まくらぎ）に、枕木と敷石のあいだに生えている雑草に落ちる雨、雨、雨……雨を見ているうちに、なにか別のものを見ている気がして、雨を見ないようにして隣の東海道線ホームを見た。

グリーン車の客室乗務員が歩いている。黒いカートを後ろ手に引っ張っている手首の捩（ねじ）れが気になる。カートは押したほうがぜったい楽なのに……

「1番線、ドアーが閉まります、ご注意ください」

革リュックからピアニッシモを取り出し、箱の中に入れてある１００円ライターで火をつける。煙草を吸う。ふうっとけむりを吐きながら、さっき下りた階段を見上げる。

階段の上にはたくさんの人が行き来しているが、靴を履いた足と雨傘の先しか見えない。

目を、雨に戻す。

屋根があるから、心置きなく雨を眺められる。

心置きなく、っていい言葉だよね。

心置きなく話せる。

心置きなく行ける。

心置きなく逝ける……

この臨時ホームは、心置きなく居られる唯一の場所かもしれない。

始発から終電まで心置きなく座っていられるベンチがあるし、ひと気がないから心置きなく煙草を吸える。

制服を着ていなければ、誰も高校生だとは気づかないと思う。

「まもなく、2番線に渋谷・新宿方面行きが参ります、危ないですから黄色い線までお下がりください」

黒のレースティアードミニ、生足だとギャルっぽ過ぎるから白ソックスを合わせた黒のブーティー、薄グレーのボタンダウンシャツと黒スエードベルトで男子感を醸(かも)し出してみました。

お化粧もしてるし、大学生ぐらいには見えるんじゃないかな？　ま、大学生でも、成人するまでは酒も煙草も法律で禁じられてはいるけどね。

少女は半分も吸っていない煙草を火のついたまま線路に放った。

濡れた敷石が煙草の巻紙を濡らし、けむりをひとすじ立ち上らせて、煙草の火は呆(あっ)気(け)なく消えた。

いま息絶えた煙草を、いま切ったばかりの傷口のように、少女は見詰める。

雨が巻紙を溶かし、中の葉をほぐしていく様に、なにかを読み取ろうとしているかのように――。

覚え切れない。

見詰め切れない。

煙草一本の死でさえも――。

「2番線、ドアーが閉まります、ご注意ください」

「危ないですから駆け込み乗車はおやめください、次の電車をご利用ください」

寒い……

これから夏本番なのに、寒い。

でも、実際の気温は、高いよね？

寒気？

熱出たら、困るな……

昨日の今日……じゃない、明日の今日だもんね……ん？　明日から見たら、今日は昨日になるから、明日の昨日？

少女は、左下の奥から二番目の歯の銀の被せ物を、舌の先で舐めてみた。

自分の体の中でいちばん嫌いな場所……

下の奥歯は笑った時に見えるからセラミックにしたかったんだけど、セラミックは10万円、銀歯は保険が利いて8千円、値段に格差があり過ぎて、問答無用で銀歯にされてしまいましたとさ。

就職して自分でお金稼げるようになったら、最初のお給料で、この奥歯を白くしてやる。

「ご乗車ありがとうございました、品川、品川です、お忘れものなどなさいませんよう、ご注意ください」

「1番線、ドアーが閉まります、ご注意ください」

少女はベンチに座り、革リュックを隣の席に置き、携帯電話のマナーモードを解除した。

カラオケボックスで五人のイツメンとネコ耳カチュしてピースサインした待受画面に、iコンシェルのインフォメーションが表示されている。

「山手線外回りは、12時29分ごろ、山手線内の人身事故の影響で、運転を見合わせています」

雨の土曜日の正午過ぎに電車に飛び込むのって、どんな人なんだろう？　男？

女？　いくつ？　なんで死んだんだろう？　死のうと思って家を出てホームから飛び込んだのか、近付いてくる電車が見えた瞬間、発作的に飛び込んだのか……

よく死ぬ人は弱い人だって言うけど、生きてる人は強いのかな？　死ななければ、強くなれるのかな？　生きてる限り、強くなれる可能性が残されてるってこと？　強くなったら、なんかいいことある？　強くなるって、どういうこと？　わたしは弱い？　わたしは強い？

「お客さまには大変ご迷惑をおかけしております、池袋駅で起きました人身事故の影響を受けまして、山手線内回り・外回りとも運転を見合わせております」

死って、白いのかな？　黒いのかな？

死って、闇に溶けていくイメージもあるけど、光に向かって引き上げられるイメージもあるよね？

死って、温かいのかな？　冷たいのかな？

死体は冷たいけど、体から抜け出した魂はどんな感覚なのかな？

小学生の時、いつも寝る前に死のことを考えてた。というか寝る前は死のことしか考えられなかったんだけど、この世の全てもいっしょに消えると約束してくれるのなら、いま死んでもいいと思ったりもした。

死のなにが怖いって、自分抜きでこの世界が、何日も何週間も何ヶ月も何年も過ぎていって、自分が生きて死んだってことが跡形もなく掻き消されることなんじゃないかな。

「先ほど池袋駅で起きました人身事故の影響を受けまして、ただいま山手線内回り・外回りとも、各駅に止まっております。お急ぎのところ、お客さまには、大変ご迷惑をおかけして申し訳ございません。運転再開まで、いましばらくかかる見込みです」

呼吸が縺れるような気がした少女は、もう一本煙草に火をつけて、今度は肺の奥まで深く吸い込んだ。

始まってほしい、と思う。

終わってしまってもいい、と思う時もある。

同じくらい思っているから、迷ったり悩んだり躊躇ったりするんだろうな、きっと。

「池袋駅での人身事故のため、ただいま山手線の内回り・外回りとも、運転を見合わせております。ただいま、救出活動を行っておりますが、まだ、当分かかると思われます。お急ぎのところご迷惑をおかけして、申し訳ございません」

少女は、くわえ煙草でメールを打ちはじめる。顔全体の皮膚（ひふ）は張り詰めているが、黒いミニスカートから突き出た白く細い脚だけ別の生き物のように頼りなく見える。

——書けた。

少女は明日会う約束をした三人の捨てアドをＢＣＣに打ち込んで、送信ボタンを押した。

４番線から京浜東北線が発車する。

ルゥー、カタタタタッ、カタカタタ、ルルゥーン……カタッカタッ、ルー、カタカタタ、ルー……プォン、ゴォー、ゴトゴト……ゴトゴトゴト、ゴトゴト、ゴットン、ゴットン、ゴトン、ゴ……

いま雨を見ている。いま電車の音を聴いている。目に見えるもの、耳に聴こえるものの全てがなにかの前兆みたいに感じられる時って、ない？　そういう時って、だいたい凶（わる）いことが起きる予兆だったりするんだよね……起きるというか、起こそうとしているわけだけど……

グァッグァッグァッ、本アドメールのアヒルの着信音……

受信　南日菜子　どうすんべ？

ヒーハー!!

ちょっっっっ!!聞いて聞いて聞いてー!

昨日、夜中の2時に亮くんとスカイプしたんだけど、
一昨日までサラサラへアーだったのにトサカになってたの!!

あとさ、昨日のオケ帰りに話した、くどちほ&もねりんの犬猿問題!

夏休みまでになんとかしようじぇ!

もねりんて、「わかるわかるぅ」と「そう思う」が口癖じゃん。

あれ、ウザくない?

もねりんの優柔不断っていうか、はっきりしないとこが、くどちほの気に障るんだろうね。

スカイソーダーズ解散も含めて、対策練ろうじぇ!

いまから電話OK?

語ろうじぇ!!


これって、マーヤ宛のメールだよね?

どうする?

転送する？

日菜子さまに？　マーヤに？

このまま放置？

見なかったフリする？

でも、送信トレイとか送信履歴とか見れば、気づくよね？

それとも、メール送る？

思ってること、はっきり書く？

ハブられる……

ハブられたってかまわないぐらいの勢いで、全部書く？


「本日、池袋駅で起こりました人身事故の影響で運転を見合わせておりましたが、運転再開を13時45分ごろと見込んでおります」


喉イタイ。

タバコ吸い過ぎ。

外から帰ったらガラガラしなさい、ってよくおばあちゃんが食塩水のコップを渡してくれたな……

おばあちゃん……

少女は左手で携帯電話を握り締めている。

眼球がズキンズキンと響き、静かだと思っていた品川駅の全てのホームに騒音が反響し——、これは、オレンジジュースと間違えてカンパリオレンジ飲んじゃった時の感覚と似てるな、と少女は思う。ソォソソォラシィシシィラソォソソォミレェ……あのメロディーが鳴り止まない……うん？　これは、頭の中？　それとも、いま、隣のホームで流れてる発メロ？……

少女はてのひらに黒いドットのピンクの爪を食い込ませていることに気づいていなかった。

グァッグァッグァッ……

メールきた。

日菜子さま、気づいたんだ。

なんて言いわけするだろう？

メッセージ受信中……

受信　慧くん　時間ある？

ん？

なに？

慧くんがメールくれるなんて……


いま、港南口のスタバにいる。

時間があったら、来て下さい。

どうしても話したいことがあります。

＊

品川駅港南口のスターバックスコーヒーに入ると、「こんにちは！」「こんにちは！」「こんにちは！」と店員たちに一斉に挨拶(あいさつ)をされ、「お客さま、店内ご利用ですか？」と訊ねられ、「はい、待ち合わせで」と言って、百音は首を伸ばした。

奥の座席に座っていた慧が立ち上がった。

こちらに向かって歩いてくる。

「お決まりのお客さまから両方のレジでおうかがいしまーす」

「なに飲む？」百音は革リュックからブーフのふわふわコインパースを取り出した。

パパからもらった1万円札が入っている。

「ぼくは、キャラメルマキアートとミックスサンドがあるから、いいよ。なんか食べれば？」と、慧はレジの列に並んだ。

「うちでパパと食べたよ」

「じゃあ、ドリップコーヒー？」

「コーヒーは苦くてあんま好きじゃないから、なんか適当に頼むよ」

「ノンカフェインだったら、ほうじ茶ティーラテとかあるよ」

百音はスタバのメニューに詳(くわ)しい小学5年生の弟を不思議そうに眺めた。百音の5千円のお小遣いではスタバは敷居(しきい)が高過ぎる。友だちとお茶する時はマックやミスドか、３７０円のドリンクバーがあるジョナサンあたりが定番なのだが――。

「お待たせしました、おうかがいいたします」

やっぱり高い――、ほうじ茶ティーラテはトールで４２０円もする。

「スターバックスラテのアイスを」

「サイズはいかがしますか？」

「じゃあ、トールで」

「お会計３８０円になります」

百音がブーフの財布のハート型のファスナーチャームを引っ張るよりも早く、慧がブルージーンズのポケットからスイカを取り出した。

「え？　いいよ」

「いいよいいよ、ママが定期的にチャージしてくれてるから」

「スイカでお支払いですね、ではタッチをお願いします」

慧が慣れた手付きでタッチパネルにスイカをかざした。

ピピッ……

「はい、こちらがレシートのお返しです、いつもありがとうございます。ランプの下からお渡しいたしますので、あちらでお待ちください」

「お願いしまーす」

「どーぞ」

「アイストールラテ」

「アイストールラテ」

ランプの下のカウンターで百音と慧は肩を並べて待った。

「こんにちは！」「こんにちは！」「こんにちは！」

マキシ丈の黒白ボーダーワンピに黒いカンカン帽をかぶった若い母親が、バギーを押して店内に入ってきた。ひとむかし前に流行った金髪に近いカラーリングをしている。

「あのぉ、ちょっとすいませぇん」

「はい？」

「ちょっと、子どもに食べさせるのがないかなと思ったんですけどぉ、なんかもうノンシュガーのものとかってなくなったんですかぁ？」

「どんなものですか？」

「なんか前、マフィンとかってありませんでしたっけ？　マフィンだったらちょっと食べさせられるかなと思ったんですけどぉ」

「少々お待ちください」

透明ビニールのレインカバー越しに見える女の子は、2、3歳のようだった。青いギンガムチェックワンピに白の透かし編みのショートニットという夏らしい恰好をしているが、ピンクのうさぎのぬいぐるみを抱いたまま目を閉じバギーにぐったりと背中を預けている。レインカバーの中はサウナ状態なのかもしれない……

「アイストールラテでお待ちのお客さまぁ！」

「はい」

マフィンについて、どの店員がどのように答えるのか少し気になったが、百音はアイスラテが入ったプラスチックカップを受け取ると、弟のあとについて歩いていった。

奥のテーブルに向かい合って座った瞬間、慧の目が焦点を失くした。弟はなにかを隠している。たぶん、なにか、大きなことを——、それをこれから聞かなければならないのだ。

隣のテーブルには、二十代のカップルが座っていた。そっぽを向き合って、非常に険悪な雰囲気だ。カノジョの方はゆるめのおだんごヘアに赤黒チェックのボタンシャツ、カレシの方はシルクハットをかぶった骸骨がサーフィンしている灰色のプリントTシャツ——、二人とも古着っぽいジーンズを穿いている。美術系の専門学校生だと見た。

口火を切ったのは、カノジョの方だった。

「こうしてる時間モッタイナイじゃん」

「せっかく休みの日で、デートしてるんだしね」

「謝罪してよ」

「謝罪?」

「は?」

「え、あ、遅れたことでしょ?」

店内にはジャズらしい音楽が流れているが、百音にはジャズなのかどうかよくわからない。

「ソイグランデでお願いしまーす!」

「どーぞ!」

「グランデソイエキストラパウダー抹茶ティーラテ!」

「グランデソイエキストラパウダー抹茶ティーラテ！」

ストローでちょっとずつアイスラテを吸い上げながら、なにを言い出すかと身構えているというのに、慧はキャラメルマキアートを飲み飲みミックスサンドの残りを食べている。

いったい、どれくらいイヤな話なんだろう？　たぶんママに関することだよね？　実はママが末期癌でしたとかそういう話？　でも、それを慧くんだけが知ってるなんて、ヘンだよね？　それともパパも知ってて、わたしにだけナイショにしてたとか？　でも、どうして？　そんなの不自然だよね？

隠し事をしている慧くんの顔を見るのが、怖い——、百音は店の中に視線を走らせた。バギーの母親はいつの間にか姿を消し、黒いミニワンピに真っ赤なニーハイブーツを履いたオレンジウェーブヘアの派手な女が、ランプの下のカウンターでスマホの画面をピンチしながらドリンクが出て来るのを待っている。

慧がハムたまごサンドの最後のひと口を飲み込むのを待って、

「で、なにかな？」

と、百音はアイスラテをひと口吸って弟の顔を上目で見た。

慧は姉の視線をするりと躱して、言った。

「3月11日までは、東京の中学を受験することになってたんだけど、関西のほうがいいんじゃないかってことになって、関西の私立を受けなさいって、ママが……」

「関西？　遠いじゃん……」

慧が右手でブルージーンズの腿（もも）のあたりをしきりに引っ掻いていることに、百音は気づいた。

「東京は放射能で汚染されてるから、中学高校の６年間通ったら、低線量被曝するって。それに、大阪の私立高校は、年収６１０万円未満は学費タダなんだって。パパの年収は５８０万円なんだよ。だから、ぼくとママは関西に住んで、別居する」

慧のパパそっくりな小さな目が大きく見開かれた。自分が口にした「別居」という言葉に頰をはたかれたような感じだった。

「別居？」

「今日、ママ、朝早くうちを出て、関西の学校の説明会に行ったんだよ」

「え？」

「朝6時7分発のぞみ1号」

スタバの女性店員が、試飲用の小さな紙コップをのせたトレイを持って近付いてきた。

姉弟のテーブル脇の床に膝（ひざ）をつくと、前歯が見えるスマイルでトレイを差し出した。

「本日のコーヒー、アニバーサリーブレンドと、コーヒーに合うシナモンスティックをお配りしているんですけど」

百音と慧は黙って、コーヒーとシナモンスティックが入った紙コップをトレイからテーブルへと移した。

スターバックスの店員は、まったく同じスマイルと台詞を隣のテーブルで繰り返した。

隣の二人も同じように受け取った。

カレシの方が、試飲コーヒーをひと口飲んで言った。

「うん、これぐらい苦いほうがいいな。いま、うちで飲んでるのって、けっこう酸味ある系、ブラジル系なんだよね」

「フツーにあり得ないって！」

「え、なにが？」

「なにがって、この流れでよくそういう話できるなって。あなたは、3年間も、自覚できなかったんだよ？」

「…………」

「あっのさぁ……なんで笑い堪えてるわけ？」

「別に……」

「なんかおかしい？」

「別に……真剣な話は真剣に聞けってことでしょ？」

百音は、煙草を吸いたいと思った。

これ以上、なにを聞かなければならないというのだろうか？

まだ、つづきがあるというのか――。

「パパには、ママがぼくを妊娠してる時からつきあってる女の人がいて、同じ会社の部下で、いまもつきあってるんだって」慧は書き留めてある言葉を読みあげるように一気に言って、その勢いで言葉をつづけた。

「放射能もパパも、もう限界なんだって。夏休みに入ったらすぐ引っ越すって言ってた。ぼくは関西の小学校に転校する。ママは、学校説明会のあとに、マンション下見してるはずだよ」

ゴワゴワした癖っ毛を両手で撫で付けようとしている慧くん――、小さいころから変わらない動揺した時の癖だ。

慧くんの癖っ毛はママ似、シジミみたいにちっちゃな目はパパ似。わたしは逆なの。猫っ毛はパパ似で、真ん中に寄ったタヌキみたいなデカ目はママ似。目って顔を支配しちゃうから、ママといっしょにいると、あら、そっくりねって言われがちなんだよね――。

「お姉ちゃんはなんで連れてかないの？って訊いたら、百音は私立に入学したばかりで、一度納めた入学金は返金されないから難しいって」

「返金……」

「あと、百音まで関西に来たら、あの家に愛人を連れ込んで、家を乗っ取られるって」

「愛人……」

「あの家は、百音がお嫁に行ったら売って、慰謝料にもらうって」

「愛人とか、返金とか、慰謝料とか……」

百音の顔は怒りで赤らんでいたが、秘密を明かしたことで、慧の顔には安堵の色がさしていた。

「……慧くんは……どうしたいの？」

慧は試飲のコーヒーを飲んで眉を顰め、シナモンスティックを齧りながら言った。

「お姉ちゃん、ママに言ってくれないかな？」

お姉ちゃん、と呼ばれたのはたぶん、ずいぶん久しぶりだ——。

「ぼくは転校したくないし、引っ越しもしたくない」

「自分で言ったほうがいいと思う。悪いけど、代弁はできない」

と言ってしまってから、百音は自分が余りにも無力で余りにも小さな存在だということに打ちのめされた。

「ごめん」

百音は、試飲の苦いコーヒーを飲み干して立ち上がった。

「ありがとうございまーす！」「ありがとうございまーす！」「ありがとうございまーす！」スタバの店員たちが、店から出ていく百音の背中に感謝の言葉を浴びせかけた。

＊

週に一度、家族四人が揃って食卓を囲む日曜日の夜です。

食卓はダイニングテーブルです。

ママと慧くんが隣同士、パパとわたしが隣同士、ママとわたしが向かい合って、パパと慧くんが向かい合って着席します。

わたしたち家族の指定席です。

「いただきます」パパがお箸を取ります。

「いただきます」慧くんがお箸を取ります。

「いただきます」わたしがお箸を取ります。

「いただきます」ママがお箸を取ります。

干し海老（えび）とにんにくを隠し味にしてふわふわに仕上がったトマトの卵炒めの赤と黄色、おだしをたっぷり吸ってしんなりと飴（あめ）色になったキャベツと玉葱（たまねぎ）の下のスペアリブの赤みがかった茶色、お味噌汁から覗いているささがきごぼうの薄茶と崩し豆腐の白、梅味噌と生わかめが和えられた蛇腹状に切られたきゅうりの緑、圧力釜でやわらかく炊いた玄米の黄金色——、食卓は色彩と湯気でとてもにぎやかです。

パパはお椀に口をつけてお味噌汁を飲みました。

慧くんは豚のスペアリブをお箸で挟んで口に入れました。

ママは生わかめときゅうりの梅味噌和えを盛り付けたガラスの小鉢を持ち上げました。

わたしは奥歯で玄米を噛んでいます。

「7時だ。ニュースやるだろ」

パパはリモコンでテレビをつけました。

いつもテレビを見るパパのために、ちょうどママと慧くんのあいだに画面が来る配置になっているのです。

今日は父の日です。被災地では、子どもたちがメッセージや似顔絵で父親に感謝の気持ちを伝えました。

今日が父の日だということは知っています。

でも、わたしは感謝の気持ちなんて伝えません。

パパに愛人がいることを知ってしまったからです。

ママが慧くんを妊娠している時から付き合っているそうです。

妊娠何ヶ月の時から不倫関係が始まったのかは知りません。

愛人はパパと同じ会社の部下だそうです。

愛人が何歳なのかは知りません。

慧くんは10歳なので、10年前に新入社員だとしても30歳は超えている計算になります。

ママとパパも社内恋愛です。

その愛人はママの後輩だということになります。

ママは全てを知っています。

でも、家の中でパパと喧嘩する時は、そのことを決して口にしません。

もう限界だ、と言うけれど、なにが限界だかは言いません。

二人の子どものために我慢している、と言うけれど、なにを我慢しているかは言いません。

二人の子どもに聞かれることを恐れているのでしょうか？

二人の子どもが傷つくことを恐れているのでしょうか？

でもママは、10歳の慧くんにはパパの愛人や離婚後の慰謝料のことを打ち明けていました。

なぜなのでしょうか？

慧くんは信頼できて、わたしは信頼できないということなのでしょうか？

慧くんのことは愛していて、わたしのことは愛していないということなのでしょうか？

次はこちら。行楽地などに向かう車で混雑する高速道路の様子です。土日祝日の料金の上限を1000円にする割引と、無料化の社会実験が今日で終わるのを前に、各地の高速道路や観光地は利用客で混雑しました。一方、東北地方の高速道路などでは東日本大震災の被災者などが利用する際、料金が無料になる措置が明日から始まります。

この家は、家庭ですか？

この人たちは、家族ですか？

家庭は安全な場所で、家族は信頼し合える人たちだから、安心して食事をしたりお風呂に入ったり眠ったりできるのではないですか？

わたしたちの食卓は色とりどりですが、わたしたちの家庭は真っ暗で、わたしたちの家族はみんな我慢をしています。

次は、東京電力福島第一原子力発電所の事故です。原子炉の安定冷却の鍵を握る汚染水の浄化設備は止まったままです。

理解できない事実。
理解に苦しむ事実。
隠されていた嘘。
暴かれた嘘。

東京電力は、想定していなかった原因によって本格運転を阻(はば)まれているとしています。

間違っている、とみんなが思っている。
だけど――、
国が間違っていた？
経産省が間違っていた？
原子力安全・保安院が間違っていた？

文科省が間違っていた？
電力会社が間違っていた？
総理大臣が間違っていた？
官房長官が間違っていた？
県知事が間違っていた？
市長が間違っていた？
町長が間違っていた？
その県の、その市の、その町の人たちが間違っていた？
科学者が間違っていた？
医学者が間違っていた？
物理学者が間違っていた？
報道機関が間違っていた？
みんなが間違っていた？
みんな？
みんなって、誰？
誰の間違い？
誰が、なにを、いつ、どのように間違ったの？

みんなが間違っていたと言うのは、正しいけれど、間違っていると思う。ひとつひとつの間違いを、一人ひとりにはっきりと突き付けて、突き付けられた人が、それを間違いだとはっきり認めない限り、間違いは正されないと思う。間違いは間違いのまま折り畳まれて、同じ場所にしまい込まれるだけだと思う。

菅総理大臣は原子力発電所の運転再開に関連して、安全性が確認された原発は稼働していくと述べ、国として地元の自治体に対して原発の運転再開を求める考えを示しました。


「わたし、今日、ゆかりんちに泊まるから」

「あら……ゆかりんって、誰なの？」

「根本ゆかり」

「どこに住んでるの？」

「鎌倉」

「いまから鎌倉に行くの？　こんな時間にお邪魔してだいじょうぶなの？」

「うん、期末テスト7月1日からで、英語が超ピンチって泣きついたら、徹夜で特訓してくれるって。ゆかりんは帰国子女なんだよ」

「へぇ……」

「赤点とったら、テスト終わっても夏休みまでの1週間ずっと補習だから、なんとかクリアしないとね」

「今夜、根本さんのお宅に泊まるってことは、明日、直接学校に行くってこと？」

「うん、ゆかりんといっしょに学校行くから、制服とスクバ持ってく」

ママは明らかに疑っています。

でも、ママはなにを疑っているかを口にはしません。

ママはそういう人です。

アメリカ中西部で川が氾濫して運転停止中の原子力発電所の周辺一帯が水に浸かり、原発は浸水を免れたものの、住民から心配する声が上がっています。

「よそさまのお宅に泊めていただくのに、手ぶらじゃ行けないだろ」

パパが立ち上がって、通勤鞄の中から黒い長財布を取り出しました。

「エキュート品川の1階にな、スウィーツエリアの真ん中にエスカレーターがあってな、その奥の旬風って洋菓子屋のパウンドケーキがおいしいって評判で、日持ちもするから、ひと箱買って持って行きなさい」

また、1万円ですか？

昨日と合わせて2万円ですね。

パパはお金でなにを伝えたいんですか？

愛情ですか？

後ろめたさですか？

慰謝料みたいなものですか？

「残りは取っておきなさい。鎌倉行くんだろ？　地震や津波があった時にそれくらい持っとかないと困るから」

「ありがとう」

お金は受け取ります。

でも、お金以外は受け取りません。

パパの気持ちはお返しします。

「手土産は、玄関で渡すんじゃなくて、居間に通されて、おうちのかたへの挨拶が済んでから手渡しなさい。紙袋から出してな、渡す時に『おいしいと評判なものなので』とさりげなく言い添えてな」

「了解……ごちそうさまでした」

「あっ、百音、品川駅のホームに流れてる発メロは『鉄道唱歌』だ。パパ、今日、ネットで調べてみたんだ」

と、パパは歌い出しました。

「汽笛一声新橋を　はや我汽車は離れたり　愛宕の山に入りのこる　月を旅路の友として　右は高輪泉岳寺　四十七士の墓どころ　雪は消えても消えのこる　名は千載の後までも　窓より近く品川の　台場も見えて波白く　海のあなたにうすがすむ　山は上総の房州か……なぜ、品川の発メロが『鉄道唱歌』かと言うとな、1872年、明治5年に新橋・横浜間に初めて鉄道が開通されたのだが、その4ヶ月前に試運転した始発が品川だったから、とネットに書いてあった」

「へぇ……じゃあ……」

「夜道に気をつけてな」

福島県伊達市の月舘小学校では、小学生の保護者たちが校舎の放射性物質を取り除く作業を行いました。伊達市では原発事故のあと、一部の地点で避難の目安となる放射線量を超えていますが、月舘小学校ではこれまでのところ超えていません。ただ、保護者から不安の声が上がり、校庭での活動は自粛しているということです。

まず、学校の準備をしよう。

月曜日は、英語Ⅰ、情報A、保健、現代社会、数学ⅠA、国語総合――、教科書とノートは全部机とロッカーに置き勉してある。リラックマのペンポーチ入れた。電子辞書入れた。バーバブラボーの歯みがきセット入れた。マリクワのコスメポーチ入れた。8×4(エイトフォー)パウダースプレーせっけん入れた。

あと、メイク落とし、洗顔料、フェイスタオル、化粧水、コンタクト……あとなに？　なんだ？　なによ……だいじょうぶ、待ち合わせは11時だから、まだ3時間以上ある、落ち着いてゆっくり支度(したく)しよう。あとは、制服ですね。スクバに入るかな？　きれいに畳めば入る。入れる。押し込む。シャツ、ネクタイ、スカート、かぼパン、ベージュカーデ、多少シワになっても止むを得ませんな、なにしろ非常事態宣言発令中だから……

靴は、荷物になるから学校用のローファー一足で行きたいですな。黒ローファーと紺ソックスに合う服……ミニスカとかショーパンとか脚が出るのはやめといたほうがいいでしょうな……実際どんな人たちなのかわかんないし、ママとパパにカレシとお泊まりなんじゃないかとか邪推(じゃすい)されたりしたら面倒だし……消去法でいくと、ジーンズしかないじゃん、ストレートジーンズ。上は、印象に残らない色がいいから、こいつだ、カーキ色のニット。中に白いタンクトップ着て、ウエストの紐をきゅっと絞ってチュニック風に着よう。こいつに紺ソとローファーのコーデ、ダサイっちゃあダサイけど、夜中だし足もとは見られないと思う。

さて、着替えるとしますかね。

モネたんお気に入りの胸にピンクブーケの刺繍(ししゅう)がある白いコットンポンチョを脱いで、空色のハイウエストバギーパンツを脱いで、ストレートジーンズを穿いて、白タンクを着て、カーキニットをかぶります。

お次はメイクですね。なるべくなるべくなるべく大人っぽく見せないとね……あ、メイクの前にアレしとかないと……ケータイの充電……いまのコと、むかしのコ……二台あるから順番にね……

椅子に座る。

勉強机の上にスタンドミラーを置く。

4月にイツメンで原宿の竹下通りに行って、お揃いで買ったスタンドミラー、左上にＳＫＹ　ＳＯＤＡＳ、右下にＭＯＮＥとネームが彫ってある。

結局、日菜子さまからメールはこなかった。

気づいてないのか、気づいてて気づかないフリしてるのか……

スカイソーダーズ解散したら、新しいグループ名なにになるんだろう？

また、日菜子さまが決めるのかな？

新しいイツメンは、わたしとクドチホがメンバー落ちして、日菜子さまとマーヤとゆかりんの三人？

スカイソーダーズ解散したら、この鏡に映る自分の顔見るのイヤだな。

――前髪は残して、ワイヤーターバンをてっぺんでクロスしてデカリボン風にする。毛先と前髪はコテでくるんと内巻きにする。耳を思いっきり出したから、金のコインとメダイの二連イヤリングを付ける。

アイシャドウは薄い茶系にして、リキッドアイライナーで目尻をちょい長めに流す。マスカラは上下たっぷり。ルージュはトマト色にしよう。輪郭をあんまり意識しないでラフにルージュを塗ってから、唇の真ん中にだけリップグロスをのせて、上下の唇を軽く左右に動かして、んーッパで、いざ出陣！

カーテンを閉める。

カーテン中、シュシュだらけなんざぁますよ！

カーテンに木の洗濯バサミでシュシュ留めるとカワイイよって教えてくれたのは、マーヤだったね。

シュシュとケープの直径って同じだし、ポニーテールにする時シュシュとケープは必需品だから、ケープにシュシュはめて持ち歩くと便利だよって教えてくれたのは、日菜子さまだったね。

全部イツメンとお揃いの、赤チェックのシュシュ、ブルーデニムのシュシュ、サテンピンクのシュシュ、黒地に白ドットのシュシュがはまったケープのスプレー缶をポーンと放って両手で受け止め、スクバに入れる。

充電完了した新旧二台の携帯電話をスクバに入れる。

立ち上がる。

留まろうと思えば留まれる。

まだ、間に合う。

いまメールきて、ゆかりん熱出たっぽいからキャンセルだってさ、ってママにひと言いえば済む話――。

でも、わたしは、二人が、憎い。

パパとママが、憎い。

でも、それは純粋な憎しみじゃない。

汚れなき憎しみなんて存在しない。

憎しみは憎しみで汚れている。

わたしは、濁っているし、汚れている。

そして、間違っている。

でも、パパとママの物語には組み込まれたくない。

二人の物語の登場人物でいるのは、もううんざり！
どんなに間違った物語だとしても、わたしはわたしの物語の登場人物になりたい。
でも、もしかしたら……
決心って、揺らがないうちに固めちゃわないと、でも、でもって際限なく揺らぐよね。
心の中につまずくものがある時は、それをまたいで行きなさい。
誰の言葉？
はい、市原百音の言葉です。

＊

少女はJR品川駅高輪口のエスカレーターを上がり、自由通路を直進して券売機の前で立ち止まった。

スクールバッグのポケットからスージー・ズーのブーフの財布を取り出す。ハート型のチャームを引っ張って、父親からもらった1万円札二枚のうち一枚をスイカにチャージする。財布をバッグに戻した瞬間、スイカに履歴が残る、1万円札をジーンズのポケットに入れておいた方がいいのかも、という迷いが閃（ひらめ）くが、スイカの履歴を調べられるような事態に陥ったら、たぶん、それはもう――、とスイカを中央口改札機のパネルにタッチして、品川駅構内に入った。

ＮＥＷＤＡＹＳとしながわそばのあいだを曲がって、７、８番線ホーム昇降口を右に折れた所にあるコインロッカーの前でスクールバッグを肩から下ろす。右端のちょうど胸の高さにあるロッカーを開けて、中にバッグを置く。ロッカーの扉を左肘で押さえながら、バッグから赤と黒の携帯電話を取り出し、カーキ色のニットの両ポケットに入れる。右が赤で古い方、左が黒で新しい方――。

ロッカーの扉を閉めてから小銭を出し忘れたことに気づき、もう一度開けて、財布から１００円玉を三枚取り出し、あっ、ここに戻るの明日だから、超過料金必要だし、なにかあった時のために、と残りの小銭を全部てのひらに出して、ジーンズのポケットに入れた。

なんか、わたし、てんぱってない？

コインロッカーの鍵を引き抜いて、左のポケットに入れる。

あぁ、手ぶらだ……

こんなに手ぶらなのって、史上初じゃなくない？

現実感、ない。

目覚めても、それが夢の中だったたって夢……

上半身だけ起こして見回すと、目に映るのはいつもと変わらない自分の部屋なのに、振り返ってさっきまで寝ていた枕を見ると、枕の真ん中の窪み、自分の後頭部の痕になぜかぞわっと鳥膚が立って、あぁこれは悪夢なんだ、これからすごく怖いことが起きるんだ、早く目覚めないと、早く早く！って焦りながら、自分の寝汗のイヤなにおいを嗅いで、夢にうなされてる自分の声を聴いてる時みたいな……

少女は11番線の階段を下りていった。

足がヘン……

身軽なのに、足だけ重い……

日曜の夜9時に、品川駅から下り電車に乗ろうという乗客はほとんど見当たらなかった。

少女は、品川駅港南口に林立するホテルやビルの窓の灯りを見上げた。

いまここから立ち去ろうとしているのは自分の方なのに、いま見ているものの方が、見ているうちに巨きな船のように流れていきそうな気がする。

なにもかも不安定、なにもかも流動的——。

「まもなく、11番線に普通伊東行きが参ります、危ないですから黄色い線までお下がりください」

21時12分発、東海道本線伊東行きが品川駅11番線ホームにすべり込んできた。

「お忘れもの落としものなさいませんよう、ご注意ください」

ソォソソォラシィシシィラ　ソォソソォミレェ　ミィミレェミソォソシィシ　ラァラソォラシィ……鉄道唱歌の発メロが流れる。

「普通列車の伊東行き、発車をいたします」

パパが歌った鉄道唱歌……歌詞が難しくて全体の意味はよくわからなかったけど、「四十七士の墓どころ」と「雪は消えても消えのこる」という言葉だけパパの声で繰り返し繰り返し……ソォソソォラシィシシィラ　ソォソソォミレェ　ミィミレェミソォソシィシ　ラァラソォラシィ……

「11番線、ドアーが閉まります、ご注意ください」

少女が電車に乗ると、ドアが閉まった。

＊

「１番線、ドアーが閉まります、ご注意ください」


湯河原駅のホームに降り立った少女は、腕時計を見た。

10時49分——。

小学校の卒業祝いと中学校の入学祝いを兼ねて、パパからもらったセイコーの腕時計……腕時計って、毎日何時間も膚に付けるし、毎日何度も目にするし、ある意味エンゲージリングよりディープな贈り物だよね……モネはパパっ子だから、ってママに言われるたびに、わたしはいつも馬鹿みたいに照れてたけど、パパっ子だからパパと二人で暮らしなさい、っていう別居の布石だったのかもしれないね……

湯河原駅前のロータリーに11時、あと10分——。

少女はホームのベンチに座った。

湯河原に来るのは、実は二度目なんですよ。おばあちゃんがまだ元気だったころ、家族みんなで2泊3日の温泉旅行に来た。川沿いの坂道に、お煎餅屋さん、お饅頭屋さん、暖簾はラーメンだけど親子丼やカツ丼なんかのメニューもある中華料理屋さん、あぁ射的屋さんもあったな……平日だったせいもあるけど、商店街は閑散としていて、「射的やろうか」と言い出したパパが、ガラガラッと木戸を開けて、「すみませぇん！」と声をかけたんだけど、だぁれも出てこなかった。湯河原産のみかんとか夏みかんとかの柑橘類と、赤や紫や白のシクラメンの鉢植えと、黒塗りの下駄だけ売ってる不思議なお店の前でおばあちゃんが立ち止まって、「あら、おいしそうなおみかんね。ひと山買ってお宿で食べましょうよ」と言うから、パパとママで「すみませぇん！　すみませぇん！」って声をかけたんだけど、やっぱりだぁれも出てこなかった。

小さな橋を渡ってすぐの脇路を入った所に、赤と青と白の看板がくるくる回るむかしながらの床屋さんがあって、中を覗くと、お客さん用の長椅子に80歳くらいのおじいさんが猫といっしょに毛布にくるまってて、寝てるのかなと思ったら、両目を開けてわたしたち家族を眺めてた。「あのおじいさんが髪を切ったりするの？」ってわたしが訊いたのは覚えてるんだけど、パパやママやおばあちゃんがなんて答えたのかは、覚えてない。

よちよち歩きの赤ちゃんだった慧くんとママとおばあちゃんは宿でのんびり過ごすことにして、わたしとパパは二人でバスに乗って、終点の奥湯河原で降りた。

川べりの道を歩いてたらハイキングコースの案内板があって、神社まで850メートルって書いてあったから、ハイキングでもするかってパパが言い出して、行こう行こう！ってわたしはパパの腕にぶら下がった。あのころのわたしは正真正銘の超パパっ子だった……

ハイキングコースの入口は白い鳥居……

最初のうちは足取りも軽くて、おぉブレェネリィ　あぁなぁたのおうちはどこぉとか、丘を越ぉえぇゆこぉよ　口笛ふきつぅつぅとか歌いながら歩いてたんだけど、歩いても歩いても神社に辿り着かないから、ララララいぬくんもぉワンワン！とか、ヤーッホーホトゥランランラン！とか歌えるような雰囲気じゃなくなって、真昼なのに木立が鬱蒼として仄暗いし、落ち葉が厚く積もって一歩一歩足音が吸い込まれるみたいな感じだったし、沈黙すると怖いから、しりとりしながら歩いたんだけど、二人とも内心、道に迷っちゃったのかもって戦々恐々としてるから、すぐ「ん」って言っちゃうんだよね。しばらくしたら、ザーッって沢の音が聞こえて、そっちのほうに歩いていったら、真っ白な滝が出現。神社の道標があったから、道まちがってなかったんだ！　もうちょっとだ！　百音がんばれ！ってパパに励まされて、木の根っこや苔が生えた岩だらけの足もとに気を付けながら山道を登って行ったら、突然目の前が開けて、真っ直ぐな参道の奥に神社の赤い屋根が見えた。お賽銭箱の前で頭を垂れて手を合わせていたパパの姿をいまでもはっきり覚えてる……でも、あの時、もう不倫してたんだよね……パパは、なにを祈ってたんだろう……

腕時計を見る。

10時53分――。

優しい名無しさんは、埼玉県在住の五十代主婦だとか割と無防備に個人情報を晒す人で、メールの文面も年相応な感じだった。睡眠薬担当大臣の淀川心中は掲示板の書き込みでは関西弁だったけど、メールの文面は標準語で、関西人なのか元関西人なのか偽関西人なのか定かじゃないし、車と七輪担当大臣の並木レイコに至っては、掲示板に書いてあった神奈川県在住だってこと以外は情報皆無、キャラ不明――。

もし、駅前にそれらしい人が誰も居なかったら、どうします？　五十代主婦と並木レイコが居なくて、淀川心中約一名だったら、どうします？　そしたら、東海道線で品川まで引き返して、コインロッカーからスクバをピックアップして、渋谷のネカフェかカラ館で夜を明かすしかないな……

かくいう自分も、年齢・性別・家族構成・居住地などの個人情報は一切明かしてないのですわ。

持ち物とか服装とかを目印にすると、こいつ違う、こいつヤバそう、と思ったり思われたりした時にお互い避けられないというか、相手に拒否られた時のイヤな思いを避けるために、ＯＫの場合のみ合言葉を使って確認し合うことに決めてある。「山」

「川」みたいな、いかにもなヤツだと人違いした時に頭おかしいヤツだとビビられるから、道を訊ねるような感じの言葉を、わたくしめが考えましてメンバーにメールで伝えました。

腕時計を見る。

人差指で、文字盤の秒針を押さえる。

蛍光塗料で先端が黄色い秒針は、少女の人差指を通り過ぎ、一周してまた通り過ぎる。

時間は停まらない。

10時57分——。

勘だけど、三人とも来る、と思う。モネたんが選抜したメンバーだもん。イツモいっしょのメンバーがイツメンなら、最後にいっしょのメンバーはなんて略すべきなんでしょうか？　ラストメンバーで、ラスメン？

少女は黒い携帯電話の終了ボタンを長押ししてブラジャーの左胸に押し込み、カーキ色のフードを目深にかぶって立ち上がった。

ピンポーン……エスカレーターをご利用の際はベルトにつかまり、黄色い線の内側にお乗りください……ピンポーン……ホーム方面行き、上りエスカレーターです……ピンポーン……大変危険ですので駆け上がったり駆け下りたりしないようにお願いいいたします……ピンポーン……

上りエスカレーターしかないから階段を下りる。ゆるやかなスロープの向こうにある湯河原駅の改札口を見た瞬間、死ぬかもしれない――、と悪寒が胃を締め上げたが、少女は立ち止まらなかった。

スイカを改札機にタッチする。

ホームで10分間潰したので、改札を通り抜けたのは、少女一人だけだった。見られているかもしれないことを意識しながら、スイカをブラジャーの右胸に差し込む。

右手にNEWDAYS、左手にみどりの窓口が見えるが、どちらもシャッターが閉まっていた。タクシー乗場には黒いタクシーが三台、バス乗場には一台も停まっていない。自販機の蛍光灯の白い光と、予備校の緑色のネオンだけが目立つ駅前ロータリー……夏期講習無料体験受付中……

腕時計を見る。

11時を回った――。

上背があるのに猫背気味でがっしりした体付きの男が、チノパンのポケットに手を突っ込んで前のめりな感じで近付いてきて、

「動物園はどこですか？」と小声で訊ねた。

「山の上です」少女は答えた。

「並木レイコさん、ですよね？」

「いえ、スレ主です」

「え……男ちゃうかったんですか？」

と絶句してポケットから両手を出した男は、

「わたしは淀川心中です」

と名乗ると、また両手をポケットに入れて、困ったようにあたりを見回した。

ほぼ同時に、コインロッカーと電話ボックスのあいだで煙草をくわえていた若い男と、バス停のベンチに座っていた中年女がこちらへ向かってきた。

短髪の若い男は、灰色の半袖パーカから黒いTシャツを覗かせ、ブルージーンズに茶色いワークブーツというスタイルで、白いダボッとした長袖ニットの下に黒いスラックスを穿いた中年女は、白地に黄色いヒマワリ柄の買い物カートをがらがらと押している。

わたしは、まだ服装しか見ていない。まだ顔を見ることができない。顔を見たら、いま以上に視界が狭まり、呼吸が不安定になる気がする——、少女は近付いてくる二人から目を逸らして、淀川心中と名乗った男の上半身を見た。襟とポケットと袖口に赤ラインがある黒いポロシャツ、ボタンも赤……ダンベルで毎日鍛えているような胸板だ……

「動物園はどこですか？」若い男の方が先に言った。

「山の上です」

と弾かれたように答えたら、淀川心中と声がダブったのがおかしくて、少女は笑いを堪えてうつむいた。

「動物園はどこですか？」中年女も訊ねてきた。

「山の上です」淀川心中が答えた。

声を出したら噴き出してしまいそうなので、少女は肩と首筋と唇に力を入れて、紺ソックスと黒ローファーを履いている場違いな自分の足に目を落とした。

「えーっと、どなたがどなた、なのか……」中年女が三人の顔を見上げて、赤い眼鏡の柄につけたクリスタルガラスビーズの眼鏡チェーンをじゃらじゃらと揺らした。

「そしたら、みんな自己紹介したらええんちゃいます？　自己紹介いうても、嘘やけどね。自分は淀川心中です」

「並木レイコです。嘘ついてすみません、自分は男です。でも車持ってるのは嘘じゃありません、あそこに停めてあります」と鼻炎みたいなくぐもった声で言うと、男はロータリーの真ん中にある、鎧兜で身を固めた武将と、正座して武将を見上げる女の銅像を指差した。ちょうどその下に濃紺の四輪駆動が停めてあった。

「パジェロイオかぁ……車高あンなぁ……まぁ、でも外から見えづろうてええかぁ」

淀川心中が半笑いでつぶやいた。

「わたしが、スレ主です」

と少女が言うと、中年女は素頓狂な声を出した。

「エーッ！　女の子！　同世代より上の男性だと思ってたんだけど……」

「もう女の子という歳ではありませんが」

少女は胃と心臓あたりの筋肉がぎゅっと強張るのを感じたが、比較的落ち着いた声を出すことができた、とコンタクトの目をしばたたかせた。

「え？　じゃあ、いくつなの？」中年女は黙らなかった。

「詮索はやめとこうや。エー、ちょっと呼びづらいから、暫定的に呼び名を決めましょう。男性陣は淀川さんと並木さんでええとして、うーんと、優しい名無しさんは、名無しのゴンベエならぬ、名無しのナナさん。スレ主さんは1さんいうことで、よろしいですかね？」

「知り合いにナナって人がいるけど、まぁいいですよ」中年女はカートの持ち手を両手で握り締めたまま重心を左に移動した。

「オッケーです」少女は明るく朗らかな声で返事をした。

「あのぉ、どこかでお茶でも飲みませんか？」と、あまりにも唐突な提案をしたのは、ナナだった。

「え……っと……」

　と、歯痛に見舞われたかのように片頬を歪(ゆが)めたのは、淀川だった。

「少しだけお話しして確認したいというか、失礼ですけど信頼できる方かどうかを、お話しして、ね」ナナはカートから離した両手をタクトのように振りながら言った。

「え、あの、もともとお互いをまったく知らへんいう相手で呼びかけて集まったんやから、話はせんでもええんちゃいますか？　もし、違ういうことでしたら、いまやったらまだ電車あるから、帰ってもろてもかまいませんよ」淀川はポロシャツから出た筋肉質な腕をぼりぼりと掻いた。

　このおばさんが帰ったら、男二人になっちゃう、男二人と車に乗ることはできない――、少女はナナの横顔を注視した。

「いえあの、いいえ、誤解させたのなら、すみません。最後に、なにかお茶でも飲みたいと思って……」ナナは感情を極力薄めた声で言った。

「それは、飲まへんほうがええ思いますよ。クスリ吐いてもうて眠れんかったら、めっちゃ苦しいですよ。睡眠薬飲む時のミネラルウォーターだけにしといたほうがええ。ミネラルウォーターは人数分買(こ)うてありますよ」

「そうよね……ソレのほうがアレよね……」ナナの目が細くなり、ほとんど閉じているようだった。

「えっと、あの、すみません、そのカート、なんスか?」並木がナナのヒマワリ柄のカートを見下ろした。

「あっ、これは、あのぉ、あたし結婚してから毎日欠かさず日記をつけてるんですよ。主人や娘に見られたくないから、全部持ってきたんです」

「あのぉ、あなたは、あ、ナナさんは、身元が割れてもいいんスか?」並木が控えめな口調で訊ねた。

「あとで、燃やします」ナナはきっぱりと答えた。

「まぁ、自分も免許証とかケータイとかあるんで、あとで処分しましょう。じゃ、まぁ、立ち話も人目に付くし、車に、どうぞ」

運転席に並木、助手席に淀川、後部座席にナナ、少女の順に乗り込んだ。乗り込む拍子にカーキニットのフードがはずれて、

「あなたみたいに若い人が……」

と、ナナは隣に座った少女の横顔を見て、溜め息を吐いた。

「まぁ、もう、お互い詮索するんはやめにしとこうや。お互いを知らへんから、いっしょに逝けるわけやないですか」

と釘を刺してくれた淀川の後頭部を、少女は見た。ママと慧くんみたいな癖っ毛

……黒くて量が多い髪質もそっくり……

「あ、1さんに教えていただいた決行場所、実は一昨日下見してきたんスよ。昼間なのにひと気ぜんぜんなくて、最適っスね」

バックミラーに映った並木の顔を見て、20歳前後かもしれない、と少女は推定した。淀川さんは三十代半ばぐらいだ、たぶん。

あぁ、タバコ吸いたい。

しまった、忘れた。

でも、この車、タバコ臭いよね？

並木さんは、きっと喫煙者だ。

「すみません、タバコ吸う方いらっしゃったら、1本いただけますか？」

「あ、自分、吸います」と並木がポケットに手を突っ込んでラッキーストライクを取り出した。

パパと同じタバコ――、手を伸ばした瞬間、車は川沿いの県道に出るために右折し、並木の指と少女の指が接触した。少女はびくっと手を引っ込めて、ラッキーストライクを落としてしまった。

「あのぉ、申し訳ないんですけど、タバコはちょっと駄目なもので、あたしの車でもないのにアレなんですけど、車内では禁煙ということでお願いいいただけますか？　あ、事前にメールで確認しておくべきでしたよね、すみません」

「でも、それって、矛盾しとんのとちゃいますか？　これから、練炭の一酸化炭素吸って死のういう人が、タバコのニコチンとかタール駄目っておかしい思いません？　癌になるんには時間が必要でしょ？　癌になる時間ないですよ！」淀川が乾いた笑い声を立てた。

「いや、癌になりたくないとか、ぜんぜんそういうことじゃなくて、においがヤなだけ。それにこのコ、未成年じゃない！」

メンバーの人選を間違えたかもしれない――、少女はローファーの上に落ちたラッキーストライクを拾い上げて、車と逆方向に流れる千歳川を眺めた。これから先は、ずっと上り坂だ。

「下の娘と同じぐらいだから、あたし、わかるの」ナナは食い下がった。

「童顔だから、よく高校生と間違えられるんですけど、ご想像の年齢より10歳は上なので、ご心配なく」苛立ちが喉からどっとあふれ出た。

「1さんて、すごくきれいスね、いや、ヘンな意味じゃなくて……」

と、バックミラー越しに微笑みを寄越した並木の顔を見て、少女はゾッとした。隈に縁取られた目、落ち窪んだ頬――、20歳前後かなと思ったけど、30歳は超えてるかも。人の顔って、一瞬のうちにガラッと変わるから、怖い――、少女は窓の外に目を逃がした。

県道に並行して流れていた千歳川がボウリング場に遮られて見えなくなると、車は少女が10年前に訪れた商店街の坂道を遡っていった。ほとんどの店にはシャッターが下りていたが、家族で昼ごはんを食べたラーメン屋だけは、まだ赤い暖簾を出していた。確か……ママはチャーハン、わたしは親子丼、おばあちゃんはラーメン、パパはカツ丼、全員違うものを頼んだんだよね……慧くんはまだ赤ちゃんでじっとしてられなかったから、パパとママとおばあちゃんで代わり番こでダッコして……

家族……

家族って言葉には、目の前に家族の顔を浮かび上がらせる魔力があるね……呪文みたいな……

家族……

温泉街の中心にある観光会館を通り過ぎると千歳川がふたたび姿を現し、道といっしょにくねくねと蛇行しながら傾斜をきつくしていった。しばらく日帰り入浴可の看板を掲げた温泉旅館がつづいたが、町立美術館を過ぎたあたりから旅館の灯りが疎らになり、やがて真っ暗な山道になった。

「決行場所に捨てると、現場検証の時に見つかる可能性があるから、あそこの駐車場で捨てるモン捨てましょう」並木が徐行してハンドルを右に切った。

「身元を消すってことやね」

車は小さな橋を渡った左手にある駐車場らしき広場に進入していった。

「この旅館、窓ガラス割れてて廃墟(はいきよ)と化してたから、だいじょうぶ。ここで決行してもいいぐらいの感じっスよ」

四人は車を降りた。

ぬかるんでいる、泥がローファーの底に吸いつく、静まり返っている、車のエンジンの音しかしない――、少女は廃墟と化している旅館というよりは病院のようなシルエットの黒い塊を見上げた。

並木がバックドアを開けて、金槌(かなづち)、バール、スコップ、軍手、黒いビニール袋などを次々と取り出した。

四人はヘッドライトの中で最後の支度を行った。

フロントガラスから検査標章と点検整備済ステッカーを剝(は)がす。

免許証とＥＴＣカードを焼く。

ナンバープレートとバンパーのあいだにバールを入れて抉(えぐ)り取る。

ひしゃげたナンバープレートにジッポオイルをかけて燃やす。

カーナビをはずして金槌で叩き壊す。

ヒマワリ柄の買い物カートに火を放つ。

日記の束に火を放つ。

携帯電話を叩き潰す。

ポケットから赤い携帯電話を取り出して車止めのブロックの上に置き、金槌を握り締めた瞬間、少女はナナに右腕をつかまれた。

「いまならまだ引き返せるわよ。親御さんとかご兄弟とかお友だちとか、あなたの身にもしものことがあったら悲しむ人がいるでしょう？」

少女は、ナナの顔を見た。水から上がったばかりのように左右の頬に貼り付いた振分け髪、狭い額にくっきりと刻まれた皺、短い白髪がぷつぷつと飛び出した生え際、ほとんどくっついている濃い真っ直ぐな眉、左右から寄り合った小さな目——、全てのパーツが失敗した福笑いの顔のように不釣り合いだった。

「おばさんはいろいろあって、もう駄目だけど、あなたはまだ若いんだし、生きていれば、悪いことだけじゃなくて、いいことも……」ナナは誰もが口にするような正論を喉に詰まらせた。

「お説教はやめてください。でも、降りたいんやったら、降りてええよ。自分はもうこれしかない思て、新幹線で上京してこんな山ンなかまで来とる人間やから、同じ思いの人に、それでも生きたほうがええとか言う気はさらさらないんやけど、少しでも迷いがあンねやったら、戻ったらええねん。駅まで送ったるわ。せやけど、口外はせんといてほしい、リアルでもネットでも」

と淀川が言うと、ナナは少女の腕から手を離し、白く押し黙って動かなくなってしまった。

家族……

パパの顔……ママの顔……

二人の親の顔が、虫眼鏡で太陽光を集めたみたいに一つになってちりちりと焦げ――、少女は体中の血液が出口を探して逆流するような憤怒を覚えた。

金槌を握った指に力を込める。

家族！

少女は携帯電話に金槌を振り下ろした。

家族！　家族！

ディスプレイと操作ボタンがぺしゃんこになるまで、何度も何度も振り下ろした。

並木がスコップで掘った穴に、一人ひとりがおのおのの身分証明の残骸を入れた。

燃えカスが飛ばないよう最後にミネラルウォーターをかけた日記の焦げ臭い湿気が、少女の鼻腔を刺激した。

並木は穴に土をかぶせて踏み固めると、

「1さん、一服やりましょう」

と、右手の人差指と中指を揃えてラッキーストライクの上部をトントン叩き、煙草を一本だけ飛び出させた箱を少女に差し出した。

「あ、ありがとうございます」少女は煙草を唇に挟んで、火をつけた。

「自分マイセンだったんスけど、宇都宮とか郡山のJT工場が被災して、多賀城のフィルター工場も動いてないらしいし、青森、盛岡、仙台、水戸、宇都宮なんかの流通基地も軒並みアウトじゃないスか。JTは主要25銘柄に絞って供給するって発表して、マイセンも入ってるんスけど、キオスクとかコンビニじゃ売り切れだし、タバコ切れた時の禁断症状ってマジ半端ないから、苦渋の選択でラッキーストライクにチェンジしたんスよ。慣れると、うまいっス」

両手をチノパンのポケットに入れ、なにを見るでもなく立ち尽くしていた淀川が歩み寄ってきた。

「1本もろても、ええかな？　おれは高校ンときからキャスターマイルドひと筋で、1日2箱は吸うてたんやけど、元妻がタバコ嫌いやったから3年前に禁煙外来に通って禁煙して……ま、最後やいうことで、1本だけ……」

三人は輪になって煙草を吸った。

「あ、ダッシュパネルに車台番号あんねンやけど」淀川が並木に訊ねた。

「もち、家で削り取ってきました」

ラッキーストライク……幸運の一撃……パパが吸ってたからウィキで調べたんだけど、むかし、19世紀のゴールドラッシュで、金を掘り当てたひと振りを、ラッキーストライクと言ったんだとさ……強くてクラッとするけど、むせたりはしない……

煙草を吸う瞬間だけ、先端を燃やす赤い火が少女の顔をぼうっと照らす。

並木の眼差しが少女の顔の上でぼんやりと焦点を結んだ。

「なぁんか不思議っつか理不尽だよなぁ……たぶん、おれ、あなたみたいなカノジョがいたら、死ななかったと思うんだけど……」

「人生に、たら、れば、はありまへんでぇ」淀川が煙草のけむりをフッフッフッと息で刻んだ。

ヘッドライトが届かない少し離れた所で、ナナが日記を燃やした場所にしゃがみ込んでいる。

声は聞こえない。

でも、誰が見ても、泣いているとわかる後ろ姿だった。

淀川が煙草を足もとに落として、左腕を右手で叩いた。

「あ、食われた……血ィべっとりやん……この期に及んでかゆいンは勘弁やから、そろそろ出発しましょかぁ?」

四人はふたたび車に乗り込んだ。

少女はバックミラーに宙吊りになっている川崎大師の緑色のお守りを見た。半年前の元日に、川崎大師でなにを祈願したんだろう……なにが叶わなかったんだろう……

時間が前に進んでいかない。かといって停まっているというのでもない。じりじりじりじり後退っていくみたいな……あと一歩か二歩で落ちるかもしれない、と踵から断崖までのだいたいの距離はわかっているのに、不思議と危険な感じはしない。

ぜんぜん怖くない。

どうしてだろう？

この人たちが、普通の人だから？

普通じゃない人って、どんな人？　芸能人とか政治家とか犯罪者とかテレビに出てる人は、普通じゃない人なのかな？　でも人殺しだって、テレビのレポーターが近所の人とか同級生とかに訊くと「普通の人でしたよ」とか「目立たない子でしたよ」とかってコメントしてるよね？

わたしは、生きたい人は普通の人で、死にたい人は普通じゃない人だと思っていたのかもしれない。でも、死にたい人と生きたい人は実は同じ人で、生を突き飛ばして死にしがみつくか、死を突き飛ばして生にしがみつくか——、だとしたら、生にも死にもしがみつかないで生きていける人が、普通じゃない人なのかな？

生も死も、よくわからない。

死ぬのは最終的には死んでみなければわからないとしても、生きるのがわからないのはどうしてなんだろう？

いまだって生きているし、死ぬまでは生きているのに――。

少女はヘッドライトが照らし出すものを見た。

白い鳥居、その奥につづく山道……

「……解禁」赤い文字の看板が見えたが、なんの解禁なのか読み取れないうちに、光の範囲から逸れてしまった。

たぶん、魚の解禁だ……

鳥居の左側は川だから……

アユとかマスとか……あと、なに？　川魚はアユとマスしか知らない……

物置か社務所のような平屋……

仮設トイレ……

光に照らされたものが、びくっびくっと身を竦めて闇に引っ込んでいくように見えるのは、気のせい？

もしかして、緊張してます？

やっぱり、わたし、怖い、のかな？

「すみません、ちょっとお手洗い、いいですか？」ナナはしゃべるたびに、クリスタルビーズの眼鏡チェーンをしゃらしゃら鳴らしている。

　こういうしゃべり方する人っているよね。校長先生とか政治家とか地位の高い女の人に多い気がする。しゃべる時、赤べこみたいにいちいち首を揺らすの。赤べこは縦振りだけど横振りなんだよね。

　赤べこ……おばあちゃんの箪笥(たんす)の飾り棚にあったな……おかっぱ頭のこけしとか、寄木細工(よせぎざいく)の秘密箱とか、吹くとポッペンと音が鳴るステンドグラスみたいなビードロとか、巨峰がひと房描かれた七宝焼きの懐中時計とか、竹でつくったトンボのブローチとか……全部おじいちゃんといっしょに行った場所で買った思い出の品なんだよね……赤べこは、新婚旅行の会津……百音、そうっとね、人差指で頭をちょんと押さえれば、うんうんうんってうなずいてくれるからね……

「おれも行っとこうかな」並木が車のキーを引き抜いた。

「洩らすんイヤやから、行っといたほうがええな」淀川がドアを開けた。

「2つあるから、右が男性、左が女性ということにしましょう」

　ナナが真っ先に車を出て闇の中を突き進み、「あ、開かない。鍵かかってる。ダイヤル式だから暗証番号わからないわ」とつかつかと引き返してきて、「あのね、女性陣はそこの建物の陰でしますから、男性陣は川のほうを向いて用を足してください。

もういいですよぉと声をかけるまで、振り向かないでいただければだいじょうぶ、暗いので、ね」と、また眼鏡チェーンを派手に揺らした。

隣で排尿の音が聞こえる。

出ない、と思っていたけれど、みんなし終わって一人だけこの恰好でいるのはイヤだ、と両目を閉じて集中したら、出た。

横からすっと手が伸びてきて、ポケットティッシュを差し出された。

スポーツクラブ入会金半額のポケットティッシュだった。

ジーンズのファスナーを引き上げ、ニットの裾を引っ張って直していると、ナナが夜空を見上げて言った。

「満月だわね」

「いや、右がちょっと欠けてますよ」

「あらそう？　でもほとんど満月よ。そろそろセミが鳴き出す時分なんだけど、今年はどうしちゃったのかしらね」

少女は、母親が「今年は放射能のせいでセミが鳴かない」と言っていたことを思い出したが、言わなかった。

「大地震の前兆かもしれないわね。関東大震災や阪神大震災の前の夏もセミが静かだったらしいから」

「3月から5月の気温が平年より低かったから、羽化が遅れてるみたいですね」

「去年の今時分は、夜明けとともにカナカナが鳴き出して、うるさくて眠れないくらいだったのに、今年はチーともジーとも鳴かないものね……鳴いてくれないかしらね、最後に……」

少女は、鼻が詰まったような声でぐすぐすと未練じみたことを口にするナナに対する嫌悪感で頭が冴え渡るのを感じた。

「その赤い眼鏡、特徴的だから処分したほうがいいんじゃないですか？」

「特徴的？」

「その眼鏡の写真が、市町村の身元不明遺体情報のページに掲載されたら、一発でバレると思いますよ」声に忍び込んだ嫌悪感が、少女の舌を滑らかにした。

「うちの人、捜索願いなんか出すかしらね？　まぁ、そのうち出すんでしょうけど、いつ出すのかしらね。でもアレよ、あたしのことなんて一切関心ないっていうか、なんにも見てやしないから、眼鏡の写真がホームページに出たとこで、気づかないんじゃないかしらね。だいたいネットなんかやらない人だから……でも娘は……上の娘はもう嫁いで一年に一度逢うか逢わないかだし、下の娘も母親の眼鏡や服装なんて見てやしない。それにあたし、両眼0・1以下のド近眼の上に老眼だから、眼鏡はずすとなんにも見えなくなっちゃうのよ」

「せめて、その鎖ははずしたほうがいいんじゃないですか？　そんな鎖つけてるひと珍しいし」少女はスポーツクラブ入会金半額のポケットティッシュをナナに返し、車に向かって歩き出した。

「そうね、やっぱりすぐに身元が知れて、一件落着になるのは癪だわよね」

と、ナナは眼鏡の柄からクリスタルビーズのチェーンをはずしながら歩き、

「行方不明扱いだったら、3年経たないと離婚は成立しないし、7年待たないと失踪宣告できないから死亡保険金を受け取れないらしいし、まぁ、行方不明になって一矢を報いてやるしかないわね。あ、男性陣、もういいですよぉ！」

と、こちらに背を向けて立っている川べりの男性たちに声をかけ、

「それとも、すぐ身元が割れたほうが後味悪いかしらね。いや、あの女はそんなタマじゃあない。2年間、不倫関係つづけてきたんだから、あと7年つづけられるもんならつづけてみなさいって！」

と、クリスタルビーズの鎖を握り締めて、川に向かって放り投げた。

　少女はガムテープで車のドアに目張りをしながら、3月12日、福島第一原発1号機が水素爆発したのをテレビで見たあと、家中の窓とドアにガムテープで目張りをした

ことを思い出した。

一階だけでガムテを使い切って、ママがパパにメールして、パパは仕事帰りにガムテを二十巻買ってきたんだけど、布テープじゃなくてクラフトテープだったもんだから、これじゃあ、はがす時に痕が残るじゃない、放射能を防ぐためにとりあえずこれで目張りするしかないけど、あなたって、ほんとなんにもわかってない人ね、って……

同じガムテの目張りでも、あれは外から放射能が入らないための目張りで、これは内から一酸化炭素が出ないための目張り——。

「ほんじゃあ、ぼちぼち逝きましょか？」

淀川が場を和ませるような声で、次の行動を促した。

七輪を運転席と助手席のあいだに置いたのは、並木だった。

八つの耳がマッチを擦る音を聴き、八つの目がマッチ棒が練炭の穴に落ちるのを見た。

たった5、6秒の沈黙が車の中の空気を歪ませて、少女は自分が他の三人と息を合わせようとしているのか合わせまいとしているのかわからなくなり、口を薄く開けてにおいを嗅いでみたが、火薬や炭らしきもののにおいはしなかった。

「あれ？　消えたんちゃうん？」淀川が言った。

「消え、ました、ね」と、並木が七輪に覆いかぶさり、シュッとマッチを擦った。

火は、立ち上がらない。

「湿気てるのかなぁ……そんなに古くないはずなんだけど……」

と、並木はマッチ箱の裏表を調べて、立てつづけにマッチを擦ったが、火はつかなかった。

「ちょっと貸してくれますか？」少女はシートから背中を離した。

並木は、黙って少女にマッチを手渡した。

年中無休「ハリウッド」のマッチ箱といい、スポーツクラブ入会金半額のポケットティッシュといい、見てるんだけど見てないみたいな？……水晶体に映って網膜に投影されて、視神経を通って後頭葉にある視覚野に信号としては届いてるんだけど……ん？　それから、なにがどうなって感情とかに繋がるんだっけ？……高校受験の時に勉強したような気がするけど、試験のための勉強って試験が終わったらきれいさっぱり忘れちゃうんだよね……あ、わたし、なに考えてるんだろ？　こんな時に……見ることにも考えることにもスルーされてる感じ……

少女はマッチ棒を全部てのひらに出して、練炭の上に一本一本キャンプファイヤーの薪のように組んでいった。

「ここにライターで火をつけてください」

並木は100円ライターでマッチ棒の軸をあぶった。

炎が明るく速く動き出した。

「おっ、ついたやん」淀川が言った。

「さすが1さん」並木が言った。

「それ、なんか焼肉のにおいしません？」ナナが言った。

「あ、します？」と並木。

「甘じょっぱいタレのにおい」とナナ。

「すみません、新品じゃなくて」

「いや、責めてるわけじゃなくて……」

四人の口は閉ざされ、八つの黒目に炎が躍った。

「ほなら、クスリ、飲みますか？」

先を促したのは、やはり淀川だった。

淀川は右手を天井に伸ばして、室内灯のスイッチを入れた。

「通常はエバミール1錠、アモバン1錠でかなりストンと眠れるから、たぶん5錠ずつ飲んだら、途中で目覚めることはないと思いますわ。それと吐き気止めのナウゼリンも飲んどいたら完璧ちゃうかな」

ガサゴソと錠剤を処方箋袋から出す音がする。

パキッパキッと錠剤シートを折り取る音がする。

「すんませんけど、水そこの袋に入れてあるんで、一人一本ずつ渡してもらえます?」と、淀川が並木に言う。

シャリシャリとレジ袋の音がして、並木から３５０㎖のペットボトルを手渡される。

ペキュッと蓋をひねって開封し、腿と腿のあいだにペットボトルを挟んでおく。

寒々と響く些細な物音に聞き入っているうちに、少女は不意に動揺ではなく平静さに襲われるのを感じた。

てのひらを差し出す。

隣のナナもてのひらを差し出している。

同じ錠剤を同じ数のせられる。

親指で錠剤シートを押して、錠剤をてのひらに出す。

白の円が６コ、白の楕円が５コ――、ひと粒ずつ唇に捩じ込むフリをし親指と人差指を首筋にすべらせて、ニットの襟ぐりの内に円やら楕円やらを落としていく。

ペットボトルに口をつける。

自分の首がぐっと反り、喉に水が降りていくのを感じる、水の味も――。

わたしは、まだ、ここに居る。

この車の中に、わたしは居る。

わたしがここに居るのは、単なる偶然ではない。かといって、なにか大きな決意をしたわけでもない。状況に流されているというのでもない、と思う。

ドアには目張りがしてあって、練炭には火がついているけれど、まだ逃げられる、抜けられる。

「消灯しますか？」並木が言う。

「明るいと寝にくいからね」と淀川が言って、室内灯を消した。

ナナは川に投げた眼鏡チェーンとそっくりな数珠を両手にかけ、いまこの瞬間を吸い込むように大きく息をして、腕時計を見た。

「午前二時三十六分。平成二十三年六月二十日が、わたしたちの命日になるんですね」

「めいにち」と声にして、少女はナナの顔を見た。小さな牛のような目が一瞬少女の顔の上で惑って、車の外の暗闇へと漂い流れていった。

「このまま何日も発見されないかもしれない……まだ夏休み前だし、今日は月曜日だし……こんな寂れた温泉地のどんづまりにある神社になんて、誰もお参りになんて来やしないわ……何日かあとに発見されたとしても、身元が割れそうなものは全部処分したから……警察に鑑識写真を撮られて、司法解剖されて、荼毘に付されて、湯河原の納骨堂に保管されるんでしょうけど……もしかしたら、ずっと無縁仏のままかもしれない……そういうお骨って、東京だけで何万柱とあるらしいわよ……お骨壺には普通、生年と享年が記されるものだけれど、身元が判明しないと、生年は……享年も死亡推定時刻だし……いちばん安い骨壺に納められて……白布にくるまれて……」

と、ナナは膝の上の十本の指を苦しげに揉み合わせて数珠を鳴らし、何経だかわからない念仏を唱えていたが、1分も経たないうちに、んーんーと糸を引くような唸り声に変わり、やがて静かになった。

横を見ると、ナナは目を閉じている。

バックミラーに映る並木も、目を閉じている。

助手席に座っている淀川の顔は、見えない。

もう眠りに就いたのだろう、と底の方から赤くなってきている練炭に目を移した瞬間、

「いっしょに死んでくれてありがとう」

と淀川の声が聞こえ、少女はびくっと視線を引っ込めた。

「ありがとう……」

ありがとうって、わたしに？

少女は、淀川が背中を預けているシートの頭のあたりを見て、次の言葉を待ち受け

た。

もし、このまま息を引き取ったら、この人はもう二度と声を発さない。

わたしが、いまさっき聞いた「ありがとう」が最後の言葉になる。

声を思い出してみる。

優しい深みのある声だった。

耳を澄ましてみる。

なにも聞こえない。

わたしの存在。

わたしの存在の意味。

わたしの行動。

わたしの行動の理由。

意味と理由に耳を澄ましてみても、なにかが響いてくるわけじゃない、意味も、理由も、なんにも……

眠い……

この眠気は、一酸化炭素のせい？

一酸化炭素ＣＯは炭素や炭素化合物の不完全な酸化によって生じます。ＣＯはO_2よりも血中のヘモグロビンと結合しやすいためヘモグロビンの酸素運搬能を妨（さまた）げ、一酸化炭素中毒の原因となります。

あと、何分したらヤバイことになるんだろう？

一酸化炭素中毒の初期症状は、頭痛、吐き気、めまい、倦怠感などですが、呼吸数や脈拍数の増加が起こり、意識があっても身体の自由が利かなくなります。

一酸化炭素中毒の死亡率は30パーセント以上です。

何分吸ったら30パーセントで、何分以上吸ったら100パーセントになるんだろう？

少女は、胸の前で手を組んで目を閉じてみた。

柩の中で白菊に埋もれたおばあちゃんの皺んだ手の甲が浮かんで、消えた。

銀縁眼鏡をはずして死に化粧をしたおばあちゃんの閉じた瞼が浮かんで、消えた。

くるくると羽根が空から落ちるように、下へ下へ――、少女は眠りの暗がりへと墜ちていった。

なにかが響いてくる。

なに？

声……

誰かの声がする。

もね……もね……

わたしの名前を呼んでいる。

もね！

口が渇いて、舌が腫れぼったい。

火の前に立った時のように顔全体が、熱い。

頭の中でブーンと耳障りな音がしている。

少女は重い瞼を持ち上げた。

赤い……

赤くなっている……

練炭が真っ赤……

視界の右に人が見える。

膝の上に力なく置かれた両手の指に絡まっている数珠を見た瞬間、心臓が跳ね上がり、少女はインナーハンドルを引っ張ってドアを開けた。


車の中をぼんやりと眺めている少女は、この場から自分を引き離すことができずにいた。車の外に出た時、ガムテープが剝がれる音がして、ドアが開く音がしたのに、見たり動いたり声を出したりという三人の反応はなかった。眠っているのは彼らで、眠っている彼らを見ているのは自分なのに、まるで催眠術にかけられたみたいに、事実が見ているものに追いついてこない。少女は車から少しずつ後退(あとずさ)った。動作を引き延ばせるだけ引き延ばし、時間をかけられるだけかけた。そして、車の中の顔が見えない位置まで後退ると、ゆっくりと背を向け、走り出した。

黒いローファーがアスファルトを打つ音が、坂道に木霊(こだま)している。日の出前の温泉街には少女の他にはひと気がなかった。誰も見ていない。誰も聞いていない。それでも少女は、誰かの足音が付いてくるような気がして、振り返ろうとしたが振り返ることはできなかった。走りながら金縛りに遭(あ)っているかのように、身動きが取れない。自分の脚が走っているのではなく、地面が走っているみたいな感じだった。

＊

「2番線、ドアーが閉まります、ご注意ください」

ピンポーン、ピンポーン、ピンポーン……

閉まったドアの向こう側に、湯河原駅のホームが見えた。

コォー……トゥ――……ゴト、ゴト、ゴト……

始発列車が動き出す。

少女は右手に痛みを感じた。

見下ろすと、握り締めた右手にスイカが食い込んでいた。

五本の指を開いて、スイカを放す。

少女が乗った3号車には誰もいない。

湯河原駅のホームには二人いた。ベンチに鞄を置いて、自販機の飲物を眺めながら腕のストレッチをしていた中年サラリーマンと、リュックのひもに両手の親指を挟み、イヤホンで耳を塞(ふさ)いで先頭車両の乗車口まで歩いていった二十代らしき女――。

ホームから、昨夜待ち合わせたロータリー前の信号が、赤から青に変わり、黄色からまた赤に変わるのが見えたが、車も人もまだ通っていなかった。

なんのアナウンスもなく貨物列車が熱海方面に走り過ぎ、なんのアナウンスもなく東海道線東京行きの始発が到着した。

アナウンスがないのは、始発で近所迷惑だから？……でも昨日もなかった……夜だからか……

少女はポケットからコインロッカーの鍵を取り出してスイカの隣に置いた。

ニットの襟ぐりに右手を差し込み、ブラジャーに挟んでおいた携帯電話を取り出す。

まだ、電源は入れない。

携帯電話、コインロッカーの鍵、スイカを並べて眺めているうちに息遣いが鎮(しず)まり、呼吸が穏やかになっていく。

顔はまだ火照(ほて)っている。

走ったせいではなく、車で目覚めた時の火照りがつづいている。

まだ、つづいている。

「次は真鶴です。お客さまにお願いいたします。優先席付近では携帯電話の電源をお切りください。それ以外の場所ではマナーモードに設定の上、通話はお控えください。ご協力をお願いいたします」

現実にすべり込んだのに、現実の手触りがまったくしない。

ゴト、ゴト、ゴトゴトッ、ゴトゴトッ、ゴトゴト、コトコトコト……

「まもなく、真鶴、真鶴。お出口は右側です。電車とホームのあいだが空いている所がありますので、足もとにご注意ください。The next station is Manazuru. The doors on the right side will open. Please watch your step when you leave the train」

ゴトッゴトッゴトッ……プシュゥー、キキ、キキ、キィ、キ……キ……キ……ガシャーン……ピンポーンピンポーンピンポーン……

ドアが開いたが、誰も乗ってこない。

チャラララララチャラララララチャラララ……

「2番線、ドアーが閉まります、ご注意ください」

ピンポーンピンポーンピンポーン……ガシャーン……ゴト、ゴト、ゴトッ……ルルゥーン、カタッカタッ、カタ、タタタタァー……

またドアが閉じ、また走り出した。

少女はスイカとコインロッカーの鍵をポケットにしまい、携帯電話を手に取った。

電源を入れる。

受信トレイに届いている22件のメールは全部捨てアドのblackangels@yaboo.co.jpから転送されたもので、本アドに届いたメールは1件もない。ママからもパパからも慧くんからも、日菜子さまからもマーヤからもゆかりんからも、ない。

消したい。

消す。

少女は左手の親指一本で、携帯電話のアドレスを変えて、データ一括削除を選んで、端末暗証番号を入力した。

データを完全に削除するために再起動します。

削除しますか？

はい。

消した。

少女は銀色の手摺棒に左のこめかみを押し当てた。

目を閉じる。

もね……もね……

わたしは名前を呼ばれて目を開けた。

車のドアを開けて外に出た。

そして、逃げた。

川沿いの林道を抜けて橋の向こうにバス停が見えた時、首に冷たい空気を感じた。

いっしょに死んでくれてありがとう、という淀川の最後の声が耳の底から湧き上がった。

三人は、死ねない。

わたしがドアを開けたまま逃げたから。

いっしょに死んでくれてありがとう……耳に響いたのは柔らかく低い親しげな声だったのに、頭蓋に響く声は鉄パイプかなにかで金属を乱暴に叩いているような音で、その残響がまだ消えないうちに、今度は数珠を握って念仏を唱えたナナの声が蘇り、このままでは頭がおかしくなってしまう、と立ち止まった。

三人は、睡眠薬の効果が切れる今日の夕方か、夜か、明日の朝には目を醒ますだろう。

惨めだろうな。

恨むだろうな。

許さないだろうな。

わたしを……

三人とも、家族とか恋人とか仕事とか過去とか未来とかに絶望して自殺サイトに投稿して、いっしょに死んでくれる相手を見つけて、待ち合わせの場所に行って、最後の瞬間まで思い直さずに練炭自殺を決行したのに……

結婚してから毎日欠かさずつけていたという日記帳の束を燃やしたナナ、もう他に道はないと大阪から新幹線に乗ってやってきた淀川、あなたみたいなカノジョがいたら死なずに済んだかもしれないとつぶやいた並木……三人の言葉がひとつひとつ重みを持って迫ってきて……すごくきれいスね、いや、ヘンな意味じゃなくて……行方不明になって、一矢（いっし）を報いてやるしかないわね……ほんじゃあ、ぼちぼち逝（い）きましょか……

少女は目を開けて、三人の声を遮った。

窓の外は海だった。

ちょうど水平線の向こうから太陽が姿を現し、光の帯を海に広げているところだった。

最初に色を取り戻したのは空と海だった。

青——。

少女は記憶を確かめるように青を凝視した。

でも、わたしは橋の真ん中で引き返した。

とうに闇に慣れているはずの目が、左右前後から迫って来る闇を一段と濃く感じた。

墨汁（ぼくじゅう）の中を歩いているみたいだった。

白い鳥居が見えてきた。

車が停まっていた。

見ている両目が重く、砂が詰まっているみたいだった。

足を止めずに近付く。

見えた。
顔が。
わたしはハンドルをつかんでドアを閉めた。
しばらくその場から動けなかった。
ドアを閉めた右手の血管が手首あたりでドクドク脈打っていた。

「次は辻堂です。お客さまにお願いいたします。優先席付近では携帯電話の電源をお切りください。それ以外の場所ではマナーモードに設定の上、通話はお控えください。ご協力をお願いいたします。The next station is Tsujido. Please switch off your mobile phone when you are near of the priority seat.……」

ゴト、ゴト、ゴト、ゴトゴトッ、ゴトゴトッ、ゴトゴト、コトコトコト……
疎(まば)らだが、辻堂駅のホームには通勤通学の乗客が立っている。
ゴトッゴトッゴトッ……プシュゥー、キキ、キキ、キイ、キ……キ……キ
……ガシャーン、ピンポーンピンポーンピンポーン……

「ご乗車ありがとうございました」

チャララランランチャラララララチャラララン……

「2番線、ドアーが閉まります、ご注意ください」

ピンポーンピンポーンピンポーン、ガシャーン……ゴト、ゴト、ゴトッ……ルルゥーン、カタッカタッ、カタ、タタタァー……

セーラー服を着た女子高生が二人、少女の隣にひと一人分空けて座った。

「今日スカート長くない？」

「だって、スカート検査あるっぽくない？　月曜だし」

「スカート検査って、床に膝立ちしてスカート床につかなきゃアウトだけど、膝立ちの女子がずらっと並ぶのって正直かなり異様だし、アレって背ぇ高い子って不利だよね？」

「不利？」

「え？　だって、背ぇ低い子より長くしなきゃなんないでしょ？」

「え？　でも背ぇ高い分、脚も長いわけじゃん」

「あ、そっかぁ」

「でも、スカート膝丈って、なに時代だよって話だよね〜」

「ハカマかよ！」

今日は月曜日だ。

わたしはこれから学校へ行く。

学校に行って、授業を受けて、家に帰る。

明日も、明後日も、次の日も、その次の日も——。

あと、1ヶ月したら、夏休みになる。

慧くんは、夏休みにママと関西へ引っ越すと言っていた。

わたしは、あと1ヶ月したら、パパと家に取り残される。

会社の部下と不倫してるパパと。

愛人の女をパパに紹介されるかもしれない。

レストランで三人で食事をしたり——。

「これ、首まわるの」

「え？　ちょっと貸して、ぅわッ、ほんとだぁ」

少女は横目でセーラー服の女子高生を見た。

どこかのご当地ものの、キティちゃんだ。

「カワイくない？」

「カワイイけどかわいそう」

スクバのM・Iのイニシャルチャームとかリラックマのデカチャームとか全部はずそう。

イツメンお揃いのシュシュとかも全部捨てる。

たぶん、もうビキニも買いに行かなくて済む。

あのマーヤ宛のわたしの悪口メール、間違ってわたしに送ったことに気づいたら、日菜子さまは容赦なくハブってくると思う。

気づかなかったら？

気づかないなんて、あり得ない。マーヤからのレスはないし、送信トレイにメール残るわけだしね。

今日から、わたしはハブられる。

卒業までの2年9ヶ月のあいだ、トイレも休み時間もお弁当も一人――。

家族にも友だちにもハブられて、生きていけるのかな？

わたし、死にたかったんだ。

死のうと思ってたんだ。

じゃあ、どうして、あのまま死ななかったんだろう……

「うちら17じゃん？」

「おい！　うちまだ16！」

「16だとしても、あと4年で成人式じゃん？　19から20になるのも相当ヤバイけど、29になって30になるのと、どっちがヤバイかな？」

「だって、そりゃ大台じゃん」

「一応どっちも大台じゃね？」

「そりゃ、29から30のほうがヤバイよ。アラサーとか言われるもん」

「あぁ、20歳になってもアラなんとかとは言われないもんね」

「アラサー、アラフォー、アラフィフ？　アンチエイジングとかゾッとするよね」

もし、三人が死んで、あの車が発見されても、テレビのニュースではやらないだろう。新聞の地方版には小さく載るかもしれないけど、うちは東京だから見ることはできない。

そしたら、わたしは、どうやって三人の生死を知ることができるだろう？

名前も住所も、なんにも知らない。

知りたいの？

知ってどうするの？

少女は目を閉じた。眠ったら、あの車の中に戻る気がする。眠りに捕まらないように閉じた瞼の中で眼球を動かしていたが、急速に眠くなっていった。

もね……

あぁ、あの声はやっぱり、おばあちゃんだった。

百音。

わたしが持っているもので、ひとつだけ好きなものがあるとしたら、百音という名前だ。

百という字を書く時いつも、一と白を意識する。

ゼロではなく一……

もう、一歩を踏み出している。

真っ白な未来に……

＊

「品川、品川、ご乗車ありがとうございます」

目を開けると、足が見えた。東海道線の車内から品川駅ホームに出ていく足、足、足――、少女は自分から抜け出すように立ち上がり、前を行く他人の足につられて自分の足を動かした。

5、6番線ホームの階段を上がり切った所にあるコインロッカーの前で足を止めた少女は、ちょうど胸の高さだったはずだ、と上から二段目の横列に視線をすべらせかけたが、鍵のないロッカーはひとつだけだったので、すぐに見つかった。

ジーンズのポケットから小銭を取り出す。

鍵穴に鍵を差し込み、100円玉を三枚入れて鍵を回す。

コインロッカーの扉が開いた瞬間、少女はそっと息を吐いた。

スカイブルーのMとシルバーピンクのIのイニシャルチャーム、赤いハートをかかえたリラックマのデカチャーム――、わたしのだ。

少女はスクールバッグを肩にかけて歩き出した。

イニシャルチャームがジャラジャラと音を立てるたびに鼓動が高まり、記憶の焦点が絞られていく……クリスタルビーズのチェーン……赤い眼鏡……眼鏡の奥の目……

違う。

いま、見えるものを、見ないと――。

シャッターが開いているのは、立ち食い蕎麦屋とNEWDAYSだけだった。いつもより一時間早いだけで、こんなにひと気がないなんて、なんだか品川駅じゃないみたいだ。

少女はゆっくり連絡通路を歩いていった。

ソォソソォラシィシシィラ　ソォソソォミレェ　ミィミレェミソォソシィシ　ラァラソォラシィ……鉄道唱歌の発メロが東海道線ホームの階段を波打ちながら上がってくる……パパが鉄道唱歌うたったのって、昨日の晩ごはんの時だよね……なんか遠い……10年前の思い出みたい……10年前って5歳かぁ……ソォソソォラシィシシィラ　ソォソソォミレェ　ミィミレェミソォソシィシ　ラァラソォラシィ……雪は消えても消えのこる……覚えてないことは思い出せない……覚えてることは何度も何度も思い出す……

連絡通路には車輪の音が響いている。キャリーケースを押したり引いたりしてる人ばかりだ。普段もいるんだろうけど、まだ通勤通学の乗客が少ないから、すごく目立つ。

右は東海道新幹線に乗る人で、左は京浜急行で羽田空港に行って飛行機に乗る人だ。

夏休みになったら、ママと慧くんは大阪に引っ越す。

大きなキャリーケースを引いてこの連絡通路を行くんだろうね。

右かな？　左かな？

わたしはたぶん見送らないだろう。

玄関にも出ないと思う。

部屋にいるか、図書館にいるか……わからない……どこでもいい……どこにいても同じだから……

遠くに行くって、どんな感じなのかな？

15年生きて、新幹線に乗ったのは中学の修学旅行で京都に行った一度きりだし、飛行機に乗ったことは一度もない。

遠出……

旅立ち……

「お旅立ちの装束です。女性のご家族、ご親族のみなさまで」と葬儀社の人が白い木綿の着物を畳に置いたけれど、女性はママとわたしとおばあちゃんの妹の幸代おばちゃんだけだったから、「じゃあ、百音は脚絆をお願い」と幸代おばちゃんに言われて、左足の踵を持ち上げようとしたら、もう膝が固まって曲がらなかった――。

驚いて手を止めたら、幸代おばちゃんが「死装束は、むかしは身内の女がひと針ひと針縫っていたのよ。この世に留まることがないように、迷って帰ってこないようにってことで、留め縫いや返し針は禁じられていたの。これは、浄土へ向かう巡礼僧の衣装なのよ」と、硬直したおばあちゃんの脚に脚絆を結びつけて、白い足袋を履かせてあげた。

死装束を身に着けたおばあちゃんの顔を見た時わたしは、どこよりも遠いのは、死だと思った。

でも、違った。

死は、どこよりも近い。

どこからだって行ける。

生きることなんて、いつだって中断できる。

どんなに生きたくても中断するしかない時もある。

生にいきなり死が割り込んでくる時もある、地震、津波、火事、交通事故、通り魔――。

自分はそんな風には死なない、とみんな思ってる。

みんななんとなく平均寿命ぐらいまでは生きると思ってる。

でも、違う。

すうっと吸い上げられるような立ち眩（くら）みをおぼえて、少女はスクールバッグにしがみついて目を閉じた。

足の下のプラットホームから、発メロやアナウンスや電車の音が湧き上がってくる。

2番線ドアーが閉まります、ご注意ください……まもなく4番線に各駅停車、蒲田行きが参ります、危ないですから……プシュウキキ、キキ、キィ、キ……キ……まもなく3番線に各駅停車、南浦和行きが参ります、危ないですから黄色い線の……まもなく4番線に各駅停車、蒲田行きが参ります……ゴトッ……シュー、ルルル、コト……当駅では終日禁煙となっております、みなさまのご協力をお願いいたします……
プュシュ、コオー……フォォーン……まもなく3番線に各駅停車が……ソォソソォラ
シィシシィラ　ソォソソォミレェ　ミィミレェミソォソシィシ　ラァラソォラシィ
……危ないですから黄色い線までお下がりください……4番線ドアーが閉まります、
ご注意ください……ご乗車ありがとうございます……3番線ドアーが閉まります……
プォン、ゴォー、ゴトゴト、ゴトゴトゴト、ゴト、ゴト、ゴットン、ゴットン……

音の波にさらわれそうになった少女は、緊張している両脚を代わる代わるに動かした。

「右入って右奥が女子トイレです。左入って左が男子トイレです」

トイレには少女の他に二人しかいなかった。腰の高さまである黒いエナメルカラーのキャリーケースとともに個室に入ろうと苦戦している女と、パウダールームの洗面台の鏡の前で口紅を塗り直している女――、二人とも30歳前後に見える。

少女はスクールバッグの中からバーバブラボーの歯みがきセットを取り出した。

昨夜家でつけたワイヤーターバンをはずし、サテンピンクのシュシュでポニーテールにまとめ、前髪をヘアクリップで留めて額（ひたい）を全開にする。

歯ブラシにクリアクリーンキッズのグレープ味をつけて歯をみがきながら鏡を見る。

あっ、ない……

金のコインとメダイの二連イヤリングが左耳にしかないことに気づく。

どこで落としたんだろう？

あの車の中？

赤くなった練炭が浮かびそうになり、少女はぎゅっと目を閉じ、くわえていた歯ブラシを噛みしめた。

目を閉じるのは、怖い。

目を閉じる時間が長いと、見たものが滲み出してくるような気がする。

目を開けてイヤリングをはずし、スクールバッグからリラックマのペンポーチを取り出して中にしまう。

コップの持ち手がついているバーバブラボーの下半身にお湯を入れて口をゆすぐ。

鏡に目を上げると、自分に見詰め返される。

目が、怖い。

自分の目が、いちばん怖い。

蛇口の下に両手をかざしてお湯を出し、メイク落としの洗顔料をてのひらで泡立てて顔に塗る。

泡を洗い流して、タオルで拭く。

化粧水と乳液で膚を整え、腕時計を見る。

6時17分。

古いコンタクトをはずして、新しいコンタクトをつける。

マリクワのコスメポーチを開ける。

まずは、UVカットの下地クリームをてのひらの真ん中に出す。てのひらで温めると膚に馴染みやすくなって、一気に顔に塗れる。てのひら全体を使って、額や頬の広い所から鼻や顎の狭い所に塗って、目の周りや小鼻には中指でしっかりのばしていく。

パフでフェイスパウダーを取って顔全体を押さえる。ミルキーピンクのチークを頬のいちばん高いあたりから頬骨に沿って楕円を描くようにふんわりのせていく。

チェリーの香りのリップを唇からはみ出さないように塗って、んーッパで馴染ませて、ピーチ色のグロスを上下の唇の真ん中に塗る。

茶色いアイブロウパウダーで眉毛の薄い部分を埋めていき、短めの眉尻をペンシルで一本一本描き足していく。

学校にバレるとヤバイから朝はアイシャドーとアイライナーはパスするけど、マスカラはやる。マスカラありなしで顔の印象まったく違うからマスカラはパスできない。ビューラーでまつげの根元を挟んで斜め上に小刻みにプレスしながら毛先まで移動していく。

仕上げはマスカラ。まつげを太く長く濃く変身させてくれるメイベリンのボリュームエクスプレスマグナムスーパーフィルムを上まつげの根元から塗る。下まつげは、ブラシを縦にして目尻から目頭まで左右に動かして一本一本のボリュームを出す。できた。

腕時計を見る。

6時35分、トータル17分30秒。いつもとぴったり同じ時間でメイクできた鏡の中の自分にうなずき、少女はパウダールームを出て、右端の多機能トイレに入った。

おむつ交換用のベビーシートを手前に引いて、スクールバッグを置く。

また、立ち眩みだ。

便座の蓋に座って、目を閉じる。

ハイヒールの音、トイレのドアを閉める音、トイレットペーパーを巻き取る音、ジェットタオルで洗った手を乾かす音などを聴いているうちに、体が斜めになっていく気がする。

右入って右奥が女子トイレです……コツコツコツコツコツ……バシャン……チョロチョロチョロ……ブォォォォォォォォォォ……右入って左側が多機能トイレです……ブォォォォォォォォォ……コツッコツッコツッ……ブォォォォォォォ……右入って右奥が女子トイレです……左入って左が男子トイレです……ブォォォォォォォォオオ、ブォォォォォォ……

あ、いま、寝てた？

目を開けた少女は「禁煙　火災探知機が作動します‼」という貼り紙を見て、湯河原の駐車場でもらい煙草したことを思い出した。

ラッキーストライクだった。

わたしはきっと間違った場所に居る。

たぶん、あのまま、車の中に居た方がよかったんだ。

頭の底でピアノのひとつの鍵盤を叩きつづけているような音がして、また体が斜めに傾いでいく感覚に襲われる。

実際はそんな音が響いているわけでも、体が斜めに傾いでいるわけでもない。

怖いだけだ、と思う。

少女は便座から立ち上がり、スクールバッグに畳んで入れてある制服をベビーシートの上に出した。

ジーンズを脱ぐ。

紺ソックスはそのままで、黒いかぼパンを穿く。

赤チェックのプリーツスカートを穿く。

二回外折り、ほんとは三回折りたいとこだけど、三回折るとプリーツの様子がおかしくなるから二回で我慢して、ベルトで留める。

カーキ色のニットを脱ぐ。

白い錠剤が落ちる。

円のが2コ、楕円のが1コ……5、6コずつもらったはずだけど、湯河原駅まで走った時に落ちちゃったんだね、きっと……

エバミール……アモバン……ナウゼリン……

少女は白いシャツに袖を通す。

ボタンは上から二つ開けて、紺ストライプのネクタイはユル過ぎずキツ過ぎず……ベージュのカーディガンを羽織る。カーデはダボッとしたシルエットがキモだから、下のボタンを二つはずして、カーデの下から10センチくらいスカートを覗かせるバランスがぜったいカワイイ。

カワイイ……

もう意味ないんじゃないかな……

カワイイなんて、正直どうでもいい……


「おはようございます、ご乗車ありがとうございました、品川に到着です、2番線ドアーが閉まります、ご注意ください」

少女は腕時計を見た。

いつもと同じ7時14分の山手線外回りに乗る。

毎朝、同じ電車の同じ車両に乗っているのに、知ってる人は一人もいない。

わたしのことを知ってる人も、たぶん一人もいない。

半分くらいは同じ人なんだろう。

もっと高い割合かもしれない。

でも、みんな顔とかはなるべく見ないようにしてるから、同じ人か違う人か区別もつかない。

朝の電車では、誰もなにも言わないで列に並んで電車に乗り、体をくっつけ合って降りる駅までじっと我慢している。


「まもなく1番線に東京・上野方面行きが参ります、危ないですから黄色い線までお下がりください、まもなく2番線に渋谷・新宿方面行きが参ります、危ないですから黄色い線までお下がりください」

死にたい。

生き残りたくない。

少女は乗車口の列からはずれ、さりげない感じを装って黄色い線に近付いていった。

「まもなく2番線に渋谷・新宿方面行きが参ります、危ないですから黄色い線までお下がりください」

ゴトゴトッ、ゴトゴト、ゴー……キッキュシュ——……

山手線外回りが到着した時、強く口を閉じていた少女は息を吸うべきか吐くべきか、迷った。

死にたい、という一瞬が山手線外回りとともに通り過ぎ、少女は黄色い線の外側に取り残された。

「渋谷・新宿方面行きが到着しておりまぁす、おはようございます、ご乗車ありがとうございました、品川、品川に到着です」

少女はふらつく足で黄色い線を踏み越えて、生きている人しか乗っていない電車の中に入っていった。

ピンポーンピンポーン……ゴト、プシュー……
少女の背中でドアが閉まった。
トン、ルゥ――――ゥ、ゴト、ゴト、ゴトッゴトッ……
山手線外回りが動き出した。
生きる。
生きるためには、この人生を避けて通ることはできない。
人生を生きる。
誰かに好かれたり許されたり認められたり感謝されたりすることがなくても……
幸運や幸福が訪れたりすることがなくても……
人生にそっぽを向かれて、人生と親しくなることができなくても……
どんなに無残な人生でも……
わたしはこの人生を、生きなければならない。

＊

「おはよう」と教室に入ったが、誰からも「おはよう」は返ってこなかった。
昨日まで「イツメン」だった四人がおしゃべりをやめて、ブロック塀みたいに背中を硬くしたのが視界に入った。

百音は、教室の外の銀杏の葉がいくつも陽光の斑点をつくっている窓際の列の後ろから二番目の席に座った。

他の生徒もちらちらこっちを見ている。

市原百音がハブられた、と目配せし合っているのだ。

マーヤが日菜子さまの耳に潜り込むようになにか言って、日菜子さまがくすくす笑って両手で口を押さえ、マーヤがゆかりんとクドチホに顔を寄せてなにかささやき、二人は一斉に手を叩いて笑った。

「うける〜」

「うけるっしょ?」

「でも、ゆかりん、唾液」

「唾液?」

「ダエキ」

「カラオケでキスしたじゃん」

「いやいやいやいやいやいや、過去はもう捨てましたから」

「えっ捨てたの?」

「あっいえいえいえ、スカイソーダーズ結成から現在に至るまでの過去は大事にしております、が、一部黒歴史として抹消したのでござる」

「でも、あのカエラ、あり得ないよね〜」

「歌ってはいる、がぁ、みたいな、ね〜」

「そうそうそうそう」

「歌詞とか覚えてないもんね」

「うち、あの歌、わりと自信ある」

「あるあるあるある、高音安定しててね」

「そうそうそうそう」

わたしがカラオケで歌った「Butterfly」を貶してる。歌いたくて歌ったわけじゃなくて、勝手に選曲されて勝手に指名されたんだけどね。

百音は、音を立てないよう椅子を浮かして引いた。スクールバッグを机のフックにかける前に、ペンポーチと下敷きを取り出さなければならない。ファスナーを開けて、中に詰め込んである私服を見られないようにそうっと右手を入れた。

「え？　でも、これって証拠写真じゃなくね？」

日菜子さまがケータイをゆかりんの顔の前に一瞬かざし、マーヤとクドチホの方に向けた。カラオケでポッキーゲームやらされて、ゆかりんにキスされた時の写メだ。

「ヤダ！　顔ばっちり写ってるぅ」

「見せてくだされ～」

と、ゆかりんが拝んでいた両手を崩して、日菜子さまの右腕をつかんだ。

「ねえちょっと！　痛い！　痛いって！」

「見せてくだされ～」

「痛い、痛過ぎる、コイツッ！」

「痛ッ！　骨だよ骨、骨にモロ当たったぁ。日菜子さまのお仕置きだべ～」

「ちょっとなんか、叩きたくなるゆかりん！」

「なにそれ？」

「トトロみたい！」

「トトロって叩きたくなるの？　意味わかんないしぃ」

「ムーミンムーミン！」

「なに、ムーミンって叩きたくなるの？」

「やっぱムーミンムーミン！　ゆかりん色白いしぃ！」

「え？　ムーミンって水色でしょ？」

「じゃあ、トトロトトロ！」

「トトロってなに色だっけ？」

「ムーミンと同じ色じゃなくない？」

「え、なんかいま、うちらの頭ンなかでムーミンとトトロがごっちゃになってなくない？」

高1の一学期の6月20日、記念すべきハブられ第1号、市原百音――、他のクラスにも居るのかな？　いままではスカイソーダーズの一員だったから気づかなかったけど、私立の高校で友だちゼロからスタートしたわけだから、グループに入り損ねた子も居るのかもしれない。ぼっちとか、ウザ子とか、かまってさんとか言われて蔑まれて――。

惨めさは人目につかない。怒りや悲しみは血のように滲んだり、ぽたぽた流れ落ちたりするけれど、惨めさは表に持ち出すことができない。永遠に、持ち越される、繰り越される、先延ばしになる。

「春奈ッ！」

「あ、おはよ！」

「おぉ！　髪切ったぁ！　ぜんぜんイメージ違う！」

「でもぜんぜんオッケーじゃね？」

「でしょでしょ？」

隣の席の春奈が机のフックにスクールバッグをかけて、

「もねりん、おはよ！」

と言うと、イツメンたちが振り返り、後ろの席の啓子が春奈のカーディガンの袖を引っ張った。

「え、なに?」

「いま、メールする」

「えっなになに?」

「なななななな、みたいな噂だよ」

「うわさ?」

「噂っつか、マジな話なんだけど……送った」

春奈はケータイを見て、驚いた声で言った。

「これって、違くない?」

「でも、マジらしいよ。だって転送されてきたんだもん」

「誰から?」

「近いスジ」

「近いスジって?　あ、スカイ……」

「ま、ウフフフフってことで」

「あ、ねえ、あれ、めぐじゃない!」

「おーい、おはよ!」

「めぐ、ダテメ！」

「てゆ〜か、めぐ遅いよ！」

「トイレ行こうよ」

「いこいこ！」

「それってダテメ？」

「度ぉしっかり入ってるよぉ」

「え？　めぐ、目ぇ悪かったっけ？」

「悪くなかったけど、悪くなった」

「そのフレーム超カワイイ！　ねぇちょっとちょっとかけさせてぇ！」

「キテルよ」

「ぅわ！　すごい度ぉ強い！　キテルね！」

「キテルよぉ」

今日からトイレも休み時間もお弁当もひとりぼっち……あ、お弁当忘れた……でも、どうせ、みんなグループで机寄せて、一人だけ離れ小島みたいに食べるのは無理だから、ランチタイムは図書室か屋上に避難するしかない……避難……お弁当は明日からやめた方がいいかもしれない……どうせママが関西に行ったら自分でつくんなきゃならないわけだし……高２のクラス替えでグループがシャッフルされる時に、どこかのグループに潜り込めるかな……来年の4月まで9ヶ月間……

百音は、東海道線の始発列車の中で初期化してなにも入っていない携帯電話のカレンダーを開いて、プーさんのノートに月別の通学日数を書き出していった。

今日が6月20日。6月の通学は、あと9日間。終業式は7月19日。7月は海の日と土日の7日間を引いて、12日間。8月はまるまる夏休み。9月は土日が4回で、敬老の日と秋分の日があるから、20日間。10月は土日が5回で体育の日があるから、20日間。11月は土日が4回で、文化の日と勤労感謝の日があるから、20日間。12月は土日が3回で、天皇誕生日の前日が終業式だから、16日間。冬休みが終わるのは1月10日。1月は土日が3回だから15日間。2月は来年閏年だから29日までで、土日が4回あるから21日間。3月は23日が終業式で、土日3回と春分の日があるから16日間。9＋12＋20＋20＋20＋16＋15＋21＋16＝149日間。

149日間も誰とも口きかないで一人でいるなんて……謝る？……でも、なにを？……謝ることがあればいくらでも謝るけど、謝ることが、ない……

「でも、ちょっとかわいそうじゃなくない？」

「でも、これ以上は無理」

「マジ無理だよね～」

「ときどきこっちニラんでるし」

「ニラむの感じ悪いよね〜」

「ニラみ返してやろうか？　うちニラめるよ」

「いきなりハイタッチしてやるとかは？」

「ハイタッチって相手あってのハイタッチじゃん。あいつ、ハイタッチなんかしね〜よ」

「いまは、こっち見ないようにしてるね」

「ハハハハハ」

「ほら、うちらがあっち見ても、こっちは見ない」

「見ない見ない」

「見ないようで、実は見てんだよ」

「水とかジュースとかぶっかけたら、見るかな？」

「ハハハハハハハハハハハハ」

「コーラとかの炭酸系プシュウのヤツぶっかけて、ビッチャビチャベットベトにしてやりたいマジで！」

「日菜子さまのお仕置きだべ〜！　あっ、黒パン穿いてくんの忘れた！」

「えっマジ？」

「駅の階段とか、どうすんの？」

「スクバで隠すしぃ」

「ゆかりんといっしょに歩きたくないしぃ」

「今日の帰り、マルキュー寄ってビキニ買うんだよ」

「ビキニ買うの早くない？」

「ぜっんぜん早くないから！　来週期末で、期末終わったら夏休みじゃん！　メールしたじゃん！　ビキニのお金持ってきたよね？」

「はぁい！　持ってきました〜」

「あ、これ、賞味期限切れてるんだけど、だいじょうぶかな？」

「なに？」

「もらいもののリーフパイみたいなヤツ」

「見せてみぃ？　期限切れったって1週間前で、しかも消費期限じゃなくて賞味期限じゃん」

「賞味賞味！」

「賞味賞味！」

「いただきます！」

「いただきま〜す！」

「これ、ヤバくない？」

「ヤバイ！　超おいしい！」

「でもウメバー、もう来るんじゃね？」

「だいじょうぶ、技術的には口動かさないで食べるの可能だから」

「可能？」

「可能可能！」

「なんか懐かしいな」

「なにが？」

「うちらの中学のお昼休み、男子とかといっしょに外でお弁当食べてたもん。外行こ〜ぜ！とかって」

「外にあんの？　テーブルとか」

「ベランダだから、みんなフツーに直に座ってたよ。座って食べながらしゃべるみたいな？　あ、自分の椅子出して座ってるコもいたなぁ」

「でもさ、外で食べるお弁当って、めっちゃおいしいよね〜」

　たぶん、なにかで心が占められていて、なにも目に入らなくても眺めていることはできるんだと思う。目に入るものの中で見たいものを選ぶこともできるし、瞼を閉じることもできるから。でも、耳は塞ぐことができないし、聴きたい音だけ選んで聴くことはできない。耳に入ってくる音は全部聴かなければならない。

同じ学校の、同じ学年の、同じ学級にいる人たちなのに、誰がなにを言ってるのかわからない。

誰が誰なのかも、わからない。

山手線に乗り合わせた人たちの声を聴いているのと同じ気がする。

「期末試験の英語、ぜったいヤバイ」

「そんなん言われたらわたしヤバイわ、化学とか」

「世界史なんてなければいいのに」

「中間は、地理もヤバかった」

「書道とかってヤバイ人いるのかな？」

「書道検定、受けない？」

「なに？　書道検定って？」

「あるらしいんだよね。漢検とか英検とかのノリで、書道検定」

「じゃ、わたし書道検定受けます的なノリで、いいね、書道検定」

「あ！　プリント持ってくんの、忘れた！」

「いぇ〜い！」

「いやあの、宿題のプリント持ってきてないんだよ！」

「なんとかなるっしょ」

「今日、平島先生、お得意のアレやるんじゃない？　ほらアレ、会話のテーマが書いてあるカードをトランプみたいにシュッシュと切って、うちらに1枚引かせるヤツ」

「はいはいはいはいはい、誰々誰々はいカモーン！みたいなヤツでしょ？」

「なにを引くかは、わからな〜い」

「なにを引くかは、わからな〜い」

「前さ、ファッションとか書いてある紙、あーみんが引いちゃってさ！」

「ファッション、ヤバッ！」

「ファッション、ヤバッ！」

「時期的に、サマーとか、トラベルとか、ハワイとかあるかも」

「特別な日はヤバイ」

「特別な日ってなに？」

「クリスマスとか？」

「さすがにクリスマスはないでしょ、時期的に」

「アンブレラとか？」

「アンブレラとかだったら、アンブレラを忘れたら、マザーが迎えにきてくれてベリーハッピーぐらいは英語で言えるかもしれない」

「いくつですかって話だよね〜」

「でも、かわいそうだよね～」

「ヤバぁい」

「ウフフフ」

「ヤバ過ぎぃ」

「え～でもかわいそうじゃなくない？」

「ウフフフフフフフ」

「えっ、おかしい？」

「えっ、おかしくないよ、ぜぇんぜん」

「なに、フツーに笑われたんだけど」

「ハッチを笑ったわけじゃなくて、あのさぁ、ドアあんじゃん？　あそこで、いまなんかがチカッと見えなかった？」

「えっ、どこが？」

「なんか無理やりチカッてるように見えない？」

「え？　チカッてるって、なに？」

「避けてる人に言われたくないしぃ！」

「ねぇ！　ちょっとぉ！　聞いてよ！　避けてないしぃ！」

「フフフフ」

「うち、避けてないよ」

「え、でも、朝メールくれなかったじゃん」

「朝は寝坊してバタバタしてたんだよ。電車ンなかでレスしようと思ったら、奇跡的に席が空いてたから座っちゃって、座っちゃったら寝ちゃうじゃん？　ちょっとぉ！なに笑ってんのぉ！」

「笑ってないしぃ！」

「笑ったしぃ！」

「ハハハハハハ」

「ヤダちょっと！　みなさぁん！　このひと笑ってますぅ！」

「避けまくってたクセに言うなよ！」

「いやいやいや、いやいやいや」

「はぁ？」

「はぁ?じゃねえよ！」

「カレシとディズニーランド行った？」

「行った」

「あとで写真見せて」

「ディズニーランドって、夢の国のクセに高いよね」

「中学の友だちからミニーマウスのリボンストラップもらったことあんだけど、アレっていくらぐらいしたんだろ？」

「タオルがフツーに２千円ぐらいするし、ぜんぜん夢の国じゃなぁい！」

「言ったれ言ったれ！」

「ちょッ！　やめてよ！　マジでぇ！」

「いいじゃん、ほらぁ、マジ気持ちいいって！」

「ちょっと、せーちゃんヘン顔じゃない？　せーちゃんやり過ぎ、もうヤーメッ！」

「ねぇ、うちもこれ欲しい」

「勝手に買えよ！」

「そう、気持ちはわかるけどね〜、わたしなんて階段から落ちて３針だよ〜」

「アララ、それって、いまも傷のこってる？」

「いまもいまも、現役現役」

「みゅうみゅうって、今日も休み？」

「休み休み」

「チキショー！　今日も誕プレ渡せないしぃ！」

「なんかさっき電車ンなかでメールしたら、そんなに熱はないみたいなんだけど、期末試験前にみんなに染（うつ）すとヤバイって自粛（じしゅく）してるみたいだよ。試験勉強してるらしい」

「期末かぁ、あたし日本史ほとんど覚えてる」

「え？　ほとんど覚えてるの？　まりちゃん、エラくない？」

「日本史どうしよー！」

「まりちゃんって、日本史めっちゃがんばってるよね。こないだ負けちゃったんだよね、僅差で」

「え？　僅差って何点？」

「わたしが87点で、まりちゃんが91点」

「うわー！　もういいや！　もう、その世界はいってけない！　自分の実力だけで行くことに決めた！」

「己の道を行く」

「試験の時は、自分しかないからね」

「超カッコイイ！」

百音は、自分が時間からはみ出していくのを感じた。もしかしたら時間の方が自分からはみ出していっているのかもしれないけれど、なにかにつかまらなければ、このままどんどんはみ出していって、いまに留まることができなくなってしまう――。

一秒一秒に心を引き摺られるような、それでいて素っ気ないほど容易(たやす)く数分間が過ぎて、ホームルームの開始を告げるチャイムが鳴った。

チャイムとほぼ同時に担任の梅原先生が入ってくる。黒いパンツにサーモンピンクのニット、黒い羽根模様の薄灰色のストールを巻いている。ウメバーはいつもこのスタイルだ。4月に入学してもうすぐ3ヶ月になるけれど、スカートを穿いているのを見たことがない。

梅原先生が教壇に立つタイミングを待って、学級委員長が号令をかけた。

「起立！」

41人が一斉に立ち上がり、椅子と床が擦れる耳障(みみざわ)りな音がした。

椅子の座面を机の下に納(おさ)めて椅子の後ろに立つ生徒もいれば、椅子を脚で適当に押して座面と机の僅(わず)かな隙間に立つ生徒もいれば、机の上に両手をついてほとんど中腰の生徒もいる。

百音は、今日はきちんと起立した。

「礼！」

「おはようございます」

「おはようございます」

「着席！」

ふたたび椅子と床が擦れる音がする。

「今日も、後藤みゆきさんが風邪でお休みだと連絡をもらっていますが、他には、いませんか？　全員出席ですね？」

と、梅原先生は教室を見回して空席がないことを確認した。

「7月1日から期末試験が始まります。机とロッカーを空っぽにしてください。6月30日の放課後に残っている物は、全て没収します。たくさん物を置いている人は、今日から少しずつ持ち帰るように。じゃあ、今日は特に連絡事項はないので、これで終わり。委員長」

「起立！」

生徒たちは立ち上がる。

「礼！」

生徒たちは頭を下げる。

「着席！」

生徒たちはそのまま座らず、ロッカーに1限目の英語の教科書とノートを取りに行ったり、仲の良いグループ同士で腕を組んだり手を繋いだりしてトイレに流れたり——、おしゃべりや笑い声や、椅子を動かす音や、時折キュッキュッと音を立てるゴム底上履きの足音が四方八方で弾けている。

百音は黙って、机の中から英語の教科書とノートを取り出した。

ひどく場違いな感じがする。

自分だけここに居ないみたいな——。

百音はリラックマのペンポーチのファスナーを開けて、シャープペンを手にした。

左手の親指の柔らかな腹にシャープペンの先を押し付けてみる。

痛い。

痛みを感じるその部分だけ、僅かなあいだ、存在する。

でももう、痛くない——。

百音は親指の腹にできた小さな円を見詰める。

そして、ペンポーチから片方だけ残った金のコインとメダイの二連リングを取り出す。

てのひらにのせてみる。

てのひらにのせて5秒ほど見て、目を逸らす。

窓の外には、梅雨の晴れ間が広がっている。

果てしなく虚ろな青空——。

たった一つの経験で人生のなにもかもが変わってしまったとしたら、その後、どうやって生きていけばいいんだろう。

イヤリングをのせたてのひらの指を動かす、きつく握り締める、力を抜く、もう一度握って、イヤリングをペンポーチの中に戻す。

ふと目を落とすと、白い上履きが、先端が泥で汚れている黒いローファーに見えた。

あの空き地の土だ……

白い鳥居の前の……

三人が永眠している車……

わたしは過ち(あやま)を犯しました。

百音が「過ち」という言葉を受け止め、「過ち」という言葉に心の置き所を見出した時、１限目の始業を告げるチャイムが鳴った。

英語の平島先生が教室に入ってくる。焦茶に黒の水玉模様がプリントされ、共布(ともぬの)のリボンとベルトが付いたレトロな雰囲気のワンピースに、黒い薄手のタイツとキャラメル色のスエードパンプスを合わせている。ドイツ暮らしが長い平島先生はおしゃれなことで有名だ。

「Stand up!」

学級委員長が号令をかけると、生徒たちは立ち上がった。

「Good morning everyone」

平島先生は、風を受けているようにふんわりとした栗色のセミロングを揺らしながら、母音の発音に特徴のある英語で挨拶をした。

「Good morning Ms. Hirashima」

「How are you?」

「I'm fine thank you, and you?」

「I'm fine. Sit down!」

　生徒たちが全員座ったのを見届けてから、平島先生は教科書を開いて、黒板の前に立った。

「では今日は新しいページに進みます。教科書の12ページ。ここではbe動詞とingを使って、なになにしているという現在進行形を学習していきましょう。TRYの1番を見てください。父はいま車を洗っています。〈洗う〉という動詞〈wash〉に〈ing〉を付けることで、〈洗う〉が〈洗っている〉という現在進行形になりますね。ですから、My father is washing his car nowと、最後に〈いま〉という副詞〈now〉がきます。では、ここまで黒板に書くので、ノートに写してください」

　平島先生は見た目によらず、ときどき白墨を折るくらい強く黒板に当てる。書き終わると、自分が書いた文字に間違いがないかひと通り見直したあと、パンパンと手についた白墨の粉をはたき落として、生徒たちに向き直る。

　百音は、白墨が黒板に当たる音を聞きながらシャープペンを動かし、自分が死へ向かって生きはじめたのを感じた。

ちょっとだけ目を閉じよう……ちょっとだけ……見えないくらい遠ざかって……怖いくらい近付いて……吸って……吐いて……頭の中で息してるみたいな……吸って……吐いて……

「Stand up, please. Miss Ichihara. 市原百音さん、教科書の1番、LEARN の所を読んでください」

肘(ひじ)でつつかれて、百音は目を醒ました。

隣の席の春奈が読む場所を人差指でさして、自分の教科書と取り替えてくれた。

百音は春奈の横顔を見た。

まだ自分の窮地(きゅうち)を救ってくれる人がいるなんて——。

百音は驚いたまま立ち上がって、読んだ。

It is raining softly now.

いま静かに雨が降っています。

When will it stop raining?

雨はいつやむのでしょう?

自分の声がすーっと引いていき、震え出した。

The rainy season will begin soon.

唇を閉じて声が戻って来るのを待っているうちに、百音は自分の顔が感情で揺れ動くのを感じた。

涙がひと雫ひと雫あふれ出し、うつむいた鼻の先から教科書へと流れ落ちた。

ぼやけた視界の中で何人かの顔が振り返っているのが見える。

至る所からひそひそ声が聞こえる。

だいじょうぶですか？と先生が歩み寄ってくる。

みんな動いている。

でも、教室の窓から射す光は動いていない。

真っ白だ。

泣いているのではない。

違う。

ぜんぜん違う。

でも、違ってもいい。

生きているのだから。

わたしは、いま、生きている。

解説　死なない瞬間

瀧井朝世

あれは確か十代の頃。身内を亡くしたばかりの知人と電車に乗っていた時に、その人がふとこう漏らした。

「まわりがみんな別世界の人に見える。みんな自分とは違うんだって感じる」

正直、それを聞いた時は眉をひそめてしまった。車内にいる人たちにだっていろんな人生があって、辛い思いを心に秘めている人だっているだろうに、世の中で自分がいちばん不幸ぶっているなと思ってしまったのだ。でも今になって思えば、彼女は他人より自分が不幸だという自己憐憫に浸っていたわけではなく、今までの自分の日常世界が崩れ去ったことに対して戸惑っていたのだろう、と分かる。

本作は二〇一二年に『自殺の国』というタイトルで刊行、二〇一六年に『まちあわせ』と改題して文庫化された作品の新装版となる。新装版に際してタイトルを『JR品川駅高輪口』とさらに改めている。改題の経緯については、柳美里さんによる「新装版あとがき」を参照いただければと思う。

もとの題名はかなり強烈なインパクトを与えるが、初期の戯曲の頃から著者にとって自殺とは重要なテーマであることを思えば納得だ。過去には十代に向けての講演や対話などをまとめた『柳美里の「自殺」』という本も上梓しているし、自殺の連作として上梓した『山手線内回り』や、そこに所収された「JR高田馬場駅戸山口」を改稿・改題して文庫化した『グッドバイ・ママ』（二〇二一年三月『JR高田馬場駅戸山口』と改題の上、新装版を刊行予定）を発表。また本作の後に上梓し、二〇二〇年に全米図書賞翻訳文学部門を受賞した『JR上野駅公園口』（「TOKYO UENO STATION」モーガン・ジャイルズ訳）でも居場所をなくした人を登場させている。

それらの作品では山手線の駅が登場し、構内のアナウンスや電車に揺られる音が頻繁に盛り込まれるのも本作に共通している（著者はこれらの作品を「山手線シリーズ」と位置付けている）。また、今回の主人公は高校一年生の少女であるが、著者自身にも学校でいじめにあい、十四歳で自殺未遂をし、さらに学校を退学した経緯があることを考えると、今回は大人になった著者があの頃の自分、あるいはあの頃の自分に似た少女たちへ向けて書いた作品なのだろう、と思うのは邪推だろうか。

　主人公は品川駅高輪口近くの住宅地に暮らしている高校生、市原百音だ。学校ではいじめにあい、家庭では両親が不仲な上、母親の愛情は弟に注がれており彼女には自分が愛されていると実感できる場がない。居場所がないのだ。唯一の救いはすでに亡くなった祖母の記憶でそこにかすかな救いがある。

　学校での仲良しグループに村八分にされた状況は、そこまでひどいいじめとはいえないと思われる人もいるかもしれない。ただ物理的な危害のないいじめは、孤立感や無力感は他人に理解されがたく、解決方法が見つけにくいため、本人にとっては真綿で首を絞められるようなものだ。そんな百音の日課はネットの自殺志願者の掲示板をのぞくことで、どうやら彼女自身も書き込んでいる模様。彼女は自殺という行為に魅せられているのだ。そんな一人の少女の日常が、本人のモノローグであったり、三人称であったり、周囲の脈絡のない雑談や駅のアナウンス、そしてネット上のやりとりによって包まれながら進行していく。

　駅という場所を重要な舞台としてとらえている点で、また思い出したことがある。十代の頃、同級生が、

「電車がホームに入ってくる瞬間を見ると、ここで飛び込んだら楽になるんだろうなって思うの」

とつぶやいていたのだ。私はその時もまたセンチメンタルな気分に浸っているなと白けた思いで聞いていたが、なぜかその後ずっと、今も、電車がホームに入ってくる瞬間、その言葉が脳裏によみがえる。なにか、目の前の線路が三途の川に見えてくる。著者が用意した駅や電車といった、日常的な舞台は、実はとても絶妙な選択なのだと個人的には唸らされる。

電車の車内の雑談や構内のアナウンスが紛れこんでくるのは、他作品でも散見できる特徴的な手法だが、周囲にノイズがあふれていくほどに、彼女は世界から隔絶され、孤絶感を深めていく。それで、この解説の冒頭に記した知人のつぶやきを思い出したのだった。本作のなかで車内のとりとめのないやりとりがあふれていくほどに、そこから疎外された人間の感覚が、読み手の私たちも体感できるというわけだ。一方、彼女のモノローグに関しては、強烈な焦りや絶望や孤独にさいなまれているような切実さの希薄な点が印象的だ。自分を守るための手段としての無意識のなせるわざなのか、彼女は生へのコミット感を希薄にさせたまま、鈍く淡々と死のほうへと向かっていく。そう、十代の死への希求はあなどれない。死が遠い存在だからこそ憧れる場合もあれば、死が身近になったからこそ手を伸ばそうとすることもある。本書のなかでは東日本大震災も発生するが、百音の心情が百八十度変わることはない。

本作を読んで少女に共感する人もいれば、気持ちがまったくわからないと思う人もいるだろう。こういう作品はその人の死生観や人生観を再確認させるものだ。では、目の前に百音のような子がいたら、何ができると思うだろうか。あるいは、もしも自分が十代の時に百音のような子だったら、どんな行動をとっていただろうか。一人称と三人称の間をたゆたううちに、そのふたつの疑問について、自分の心の中に湧き上がってくるかすかな感触を、あなたははっきりとつかむことができるだろうか。

正直、私は死にたがっている人に向かって、人生は素晴らしいものだから生きなさいとは言えない。大人になった今、私は知っている。人生が必ずしも素晴らしいことばかりだと言えないことも、命というものはそんなに重くはなくて、人も動物もあっけなく死んでしまう時があるということを。そしてなにより、誰もがいつか死ぬのであって、それは避けられないということを、私ははっきりと知っている。だから、人が死を思うのは、決して間違ったことではない、ということも。

ただ、自分をいちばん大事にできるのは自分でしかなくて、自身の死に至るまでの道筋については、自分がいちばん大事に考えてあげなくてはいけないのではないか、とは思っている。また、死を望む人であっても、今この瞬間、死を選ばない瞬間を積み重ねて生きているということのほうが重要であるとも考える。その瞬間に生きているということだけが、真実なのではないだろうか。

自殺を実行する人としない人、しようとして思いとどまる人の違いは何か。踏みとどまる勇気というのは、どんな時に生まれるのか。著者は死にたいと願う少女に対し、時に内側に入り込み、時に傍らに立って、その心模様の変化を独特の手法で描いていく。終盤で百音がとった行動は、死というもののすぐ隣に身を置いて、生を見つめてみた、ということだ。そして彼女はその時、死なない瞬間を選んだのだ。そこにかすかに、生への肯定が見えてくる。

人の死にたいという思いも、生きたいという思いも、同じ目線で見つめてきている。そんな書き手がこの小説にこめた思いはものすごく切実だ。それはきっと、いつか自分にとって、そして自分の大切な人にとって重要なものになるかもしれない。そして、彼女が生み出す作品のなかで見せるまなざしがどんなふうに変化していくのかを追い続けることで、私たちは自分の生と死を、見つめ続けることになる。

（ライター）

＊本原稿は、河出文庫『まちあわせ』（二〇一六年一一月刊行）に収録された解説を、新装版刊行に際して加筆修正したものです。

新装版あとがき　一つの見晴らしとして

文庫版『まちあわせ』（二〇一六年一一月刊行）と『グッドバイ・ママ』（二〇一二年一二月刊行）のタイトルを、当初の『JR品川駅高輪口』（二〇二一年二月刊行）と『JR高田馬場駅戸山口』（二〇二一年三月刊行）に戻す、という選択をした理由を説明させてほしい。

二〇〇三年に発表した「山手線シリーズ」第一作の「山手線内回り」は、山手線に飛び込んで死のうと思っている女が、駅構内のトイレでオナニーをして、また山手線に乗って、別の駅で降りてオナニーをする、という筋書きのない短編小説で、人生から締め出された主人公の行き先の無い性と死を描いた。

この「山手線内回り」に、その後に書いた四作品の主人公たちは既に登場している。

第二作は、夫と別居して独りで幼稚園児を育てる母親が主人公の「JR高田馬場駅戸山口」。

第三作は、妻とは一言も口をきかない証券マンが主人公の「JR五反田駅東口」。第四作は、集団自殺の仲間を募る自殺サイトの「スレ主」をしている女子高生が主人公の「JR品川駅高輪口」。

第五作が、『JR上野駅公園口』なのである。天皇と同じ日に、福島県相馬郡八沢村（現・南相馬市鹿島区）に生まれた主人公の男性は、十代の頃から出稼ぎを続け、郷里と家族から引き剝がされてホームレスとなる。

わたしは、JR山手線の駅の改札口から放射状に広がるそれぞれの登場人物の人生と、その人生から弾き飛ばされて円の中心に向かうように改札口をくぐり、気がつくと駅のプラットホームという断崖絶壁に立っていた登場人物たちの絶望に付き添った。

山手線は、日本の首都である東京の中心部を走っている環状線で、一周は三十四・五キロメートルで三十の駅があり、約六十分で運行する。平日朝八時台の通勤通学時間には約二分間隔で次の列車がやって来るが、どの列車も満員で缶詰のように人が詰め込まれている。

山手線は、二重円になっている。

時計回りで外側を走るのが「外回り」で、反時計回りで内側を走るのが「内回り」。

二重円の中心、ドーナツの空洞部分に位置するのは、天皇が暮らす皇居である。約百十五ヘクタールの面積を有する皇居は、周囲が濠(ほり)に囲まれていて、一般人が近づいて中を覗くことができない構造になっていて、小型無人機などの飛行も禁止されている。

皇居内には鬱蒼とした森が広がっている。生物学の研究者だった昭和天皇の意向で、一九三七年以降、森林エリアの公園的な管理は中止され、ほぼ自然のままに任せられている。皇居は、東京の中心部でありながら関東平野本来の動植物が保全されているという異空間になっているのである。

「山手線シリーズ」の核となるテーマは、二つある。

一つは、日本国憲法第一条で「日本国と日本国民統合の『象徴』と規定」されている天皇と天皇制である。

もう一つは、二〇一一年三月に東京電力福島第一原子力発電所が起こしたレベル七の事故である。

中心があれば、中心は波紋のような幾重(いくえ)もの圏域を広げ、そこから貧富、運不運、幸不幸という格差が生み出される。

「山手線シリーズ」の主人公たちは全員生き死にの瀬戸際に追い詰められ、プラットホームに立つ。

登場人物が、電車が近づく数分の間に、死を思い留まり、生に引き返すかもしれないという可能性を僅かでも残しておきたかったので、わたしは電車に飛び込むシーンは書いていない。

「危ないですから黄色い線までお下がりください」

という電車の入線を知らせるアナウンスが流れて、物語は終わる。

しかし、第三作の「JR五反田駅東口」を書き終えて、第四作の「JR品川駅高輪口」の主人公の少女には、「どんなに残酷であったとしても、人生は生きるに値する」ということを示したいと思った。

そして、一人の少女を生の世界に引き返らせることによって、第五作の『JR上野駅公園口』は、死の向こう側を書いてみようと思った。過去に存在したものが現在に無い、と感じるのは、わたしたちの感じ方の習慣に過ぎない。過去は、現在と共にこの世界の内部に潜在し続ける。だとしたら、どのような形で存在するのか——、と考えながら書いたのが、『JR上野駅公園口』なのである。

わたしは「山手線シリーズ」を、「山手線内回り」から始まって「山手線外回り」で終わる連作として構想した。

連作としてよりも、独立した一つの作品として読まれた方がいいのではないか、という担当編集者の助言に頷き、当初考えていた駅名をタイトルにすることは断念した。

二〇二〇年十一月十九日（現地時間十八日）に、『JR上野駅公園口』は、モーガン・ジャイルズに『TOKYO UENO STATION』として英訳されたことによって、全米図書賞（翻訳文学部門）を受賞した。想像を遥かに超える反響があり、日本では三十万部を超えるベストセラーとなり、いま世界各国から翻訳のオファーが殺到している。

わたしは「山手線シリーズ」を連作として読んでもらう絶好の機会だと思い、駅名のタイトルに戻すことを担当編集者に提案し、了解していただいた。

十七年にわたって書き続けてきた「山手線シリーズ」は、今年発表する予定の「JR五反田駅西口」と「山手線外回り（Clockwise）」と、『JR上野駅公園口（TOKYO UENO STATION）』と対になる番外篇「JR常磐線夜ノ森駅（FUKUSHIMA NIGHTWOOD STATION）」の三篇で完結する。

小説家の仕事は、日々刻々とあらゆる出来事が生じ、目や耳に留める間もなく消えていくこの世界から、一人の人物を浮き立たせ、その存在を明るみに出すことである。

山手線という閉ざされた円環への眼差しが、この歪な日本社会への一つの見晴らしとなりますように、とわたしは両手を祈りの形に握り合わせている。

二〇二一年一月一一日

柳美里

＊本書は二〇一二年一〇月に単行本『自殺の国』、
二〇一六年一一月に河出文庫『まちあわせ』として、弊社より刊行されました。
新装版に際し、『ＪＲ品川駅高輪口』と改題の上、
著者による「新装版あとがき」を収録いたしました。

JR品川駅高輪口（しながわえきたかなわぐち）

二〇一六年一一月二〇日　初版発行
二〇二一年　二 月二〇日　新装版初版発行
二〇二一年　二 月二一日　新装版２刷発行

著　者　柳美里（ゆうみり）
発行者　小野寺優
発行所　株式会社河出書房新社
〒一五一－〇〇五一
東京都渋谷区千駄ヶ谷二－三二－二
電話〇三－三四〇四－八六一一（編集）
〇三－三四〇四－一二〇一（営業）
http://www.kawade.co.jp/

ロゴ・表紙デザイン　粟津潔
本文フォーマット　佐々木暁
印刷・製本　中央精版印刷株式会社

Printed in Japan　ISBN978-4-309-41798-1

ＪＲ上野駅公園口

柳美里　41508-6

一九三三年、私は「天皇」と同じ日に生まれた——東京オリンピックの前年、出稼ぎのため上野駅に降り立った男の壮絶な生涯を通じ描かれる、日本の光と闇……居場所を失くしたすべての人へ贈る物語。

ねこのおうち

柳美里　41687-8

ひかり公園で生まれた６匹のねこたち。いま、彼らと、その家族との物語が幕を開ける。生きることの哀しみとキラメキに充ちた感動作！

蹴りたい背中

綿矢りさ　40841-5

ハツとにな川はクラスの余り者同士。ある日ハツは、オリチャンというモデルのファンである彼の部屋に招待されるが……文学史上の事件となった百二十七万部のベストセラー、史上最年少十九歳での芥川賞受賞作。

インストール

綿矢りさ　40758-6

女子高生と小学生が風俗チャットでひともうけ。押入れのコンピューターから覗いたオトナの世界とは?!　史上最年少芥川賞受賞作家のデビュー作、第三十八回文藝賞受賞作。書き下ろし短篇「You can keep it.」併録。

ドレス

藤野可織　41745-5

美しい骨格標本、コートの下の甲冑……ミステリアスなモチーフと不穏なムードで描かれる、女性にまといつく“決めつけ”や“締めつけ”との静かなるバトル。わかりあえなさの先を指し示す格別の８短編。

すみなれたからだで

窪美澄　41759-2

父が、男が、女が、猫が突然、姿を消した。けれど、本当にいなくなってしまったのは「私」なのではないか……。生きることの痛みと輝きを凝視する珠玉の短篇集に新たな作品を加え、待望の文庫化。

ふる

西加奈子　41412-6

池井戸花しす、二八歳。職業はＡＶのモザイクがけ。誰にも嫌われない「癒し」の存在であることに、こっそり全力をそそぐ毎日。だがそんな彼女に訪れる変化とは。日常の奇跡を祝福する「いのち」の物語。

しき

町屋良平　41773-8

“テトロドトキサイザ2号踊ってみた”春夏秋冬——これは未来への焦りと、いまを動かす欲望のすべて。高２男子３人女子３人、「恋」と「努力」と「友情」の、超進化系青春小説。

学校の青空

角田光代　41590-1

いじめ、うわさ、夏休みのお泊まり旅行…お決まりの日常から逃れるために、それぞれの少女たちが試みた、ささやかな反乱。生きることになれていない不器用なまでの切実さを直木賞作家が描く傑作青春小説集

永遠をさがしに

原田マハ　41435-5

世界的な指揮者の父とふたりで暮らす、和音十六歳。そこへ型破りな“新しい母”がやってきて——。親子の葛藤と和解、友情と愛情。そしてある奇跡が起こる……。音楽を通して描く感動物語。

人のセックスを笑うな

山崎ナオコーラ　40814-9

十九歳のオレと三十九歳のユリ。恋とも愛ともつかぬいとしさが、オレを駆り立てた——「思わず嫉妬したくなる程の才能」と選考委員に絶賛された、せつなさ百パーセントの恋愛小説。第四十一回文藝賞受賞作。映画化。

カツラ美容室別室

山崎ナオコーラ　41044-9

こんな感じは、恋の始まりに似ている。しかし、きっと、実際は違う——カツラをかぶった店長・桂孝蔵の美容院で出会った、淳之介とエリの恋と友情、そして様々な人々の交流を描く、各紙誌絶賛の話題作。

夏休み

中村航　40801-9

吉田くんの家出がきっかけで訪れた二組のカップルの危機。僕らのひと夏の旅が辿り着いた場所は——キュートで爽やか、じんわり心にしみる物語。『100回泣くこと』の著者による超人気作。

リレキショ

中村航　40759-3

“姉さん”に拾われて“半沢良”になった僕。ある日届いた一通の招待状をきっかけに、いつもと少しだけ違う世界がひっそりと動き出す。第三十九回文藝賞受賞作。

昨夜のカレー、明日のパン

木皿泉　41426-3

若くして死んだ一樹の嫁と義父は、共に暮らしながらゆるゆるその死を受け入れていく。本屋大賞第2位、ドラマ化された人気夫婦脚本家の言葉が詰まった話題の感動作。書き下ろし短編収録！解説＝重松清。

平成マシンガンズ

三並夏　41250-4

逃げた母親、横暴な父親と愛人、そして戦場のような中学校……逃げ場のないあたしの夢には、死神が降臨する。そいつに「撃ってみろ」とマシンガンを渡されて⁉　史上最年少十五歳の文藝賞受賞作。

カルテット！

鬼塚忠　41118-7

バイオリニストとして将来が有望視される中学生の開だが、その家族は崩壊寸前。そんな中、家族カルテットで演奏することになって……。家族、初恋、音楽を描いた、涙と感動の青春＆家族物語。映画化！

ハル、ハル、ハル

古川日出男　41030-2

「この物語は全ての物語の続篇だ」——暴走する世界、疾走する少年と少女。三人のハルよ、世界を乗っ取れ！　乱暴で純粋な人間たちの圧倒的な“いま”を描き、話題沸騰となった著者代表作。成海璃子推薦！